Oskar von Redwitz

Der Zunftmeister von Nürnberg

Schauspiel in fünf Akten

Oskar von Redwitz

Der Zunftmeister von Nürnberg
Schauspiel in fünf Akten

ISBN/EAN: 9783743630451

Hergestellt in Europa, USA, Kanada, Australien, Japan

Cover: Foto ©Andreas Hilbeck / pixelio.de

Weitere Bücher finden Sie auf **www.hansebooks.com**

Der Zunftmeister von Nürnberg.

Schauspiel in fünf Acten

von

Oscar v. Redwitz.

Mainz,
Verlag von Franz Kirchheim.
1860.

Personen.

Georg Behaim, regierender Bürgermeister.
Friedrich Holzschuher, \
Berthold Tucher, |
Veit Grolandt,   \} Patrizier und Rathsherren.
Hans Paumgartner, |
Caspar Pfinzing, |
Melchior Weigel,   /
Wilhelm Krafft, Zunftmeister der \
    Goldschmiede, |
Laurentius Stoß, Gerber, | Zunft-
Wendelin Wohlgemuth, Kürschner, \} genossen.
Veit Vischer, Goldschläger, |
Nicolaus Haubenschmidt, genannt |
    „der Geisbart," Tuchmacher, /
Agnes Behaim.
Röschen Toppler aus Rothenburg, ihr Bäschen.
Frau Gertrude Krafftin, Wilhelm's Mutter.
Sebaldus, Krafft's Altgeselle.
Ulrich, Diener in Behaim's Hause.
Ein Zunftgenosse.

Rathsherren. Junker. Zunftgenossen. Volk. Kinder.
    Rathsknechte. Stubenknechte.

Die Handlung spielt in Nürnberg in den ersten Maitagen 1378.

(Zum ersten Male aufgeführt auf dem königlichen Hof- und Nationaltheater in München am 25. April 1860.)

    Anmerkung: Allen Bühnen gegenüber, welche sich noch nicht im rechtlichen Besitze dieses Schauspieles befinden, behält sich der Verfasser das gesetzliche Eigenthumsrecht vor.

Erster Act.

Laubwald. Fernsicht auf die Burg und die Stadt Nürnberg. Links ein reicher Thron aus Laubwerk und Blumenguirlanden. Volk und Kinder wandeln im Hintergrunde ab und zu. Abwechselnd aus der Scene fröhliche Musik. Rechts in der Mitte eine Schenkbude mit lebhafter Gruppe. — Im Vordergrunde rechts sitzen, mit mehreren anderen Zunftgenossen an einem Tische, zechend, Wendelin Wohlgemuth, Laurentius Stoß und Veit Vischer, Alle mit Schwertern.
(Die Bezeichnungen „rechts" und „links" sind vom Zuschauer aus zu verstehen.)

Erste Scene.

Der Kürschner. Der Gerber. Der Goldschläger.

Kürschner.

Ja, Nachbarn, schlimme Zeiten! — Wir sind eben die gedrückten Stiefkinder der Stadt. Trinkt! — Unser Herrgott soll's bessern! (Er stößt an und trinkt, der Gerber thut ihm Bescheid.)

Goldschläger
(der nicht mitgetrunken).

Was geht er uns nur wieder an, der neue Handel mit dem Burggrafen da droben? — (nach der Burg im Hintergrunde deutend.) Von wegen dem Wald! — Ha, 's ist zum Lachen! — Die Herren Patrizier kriegen die Stämme und die Zunftgenossen keinen Stecken. Und für diesen Waldstreit wieder neue Batzen und am Ende die Haut dazu! (in den Tisch schlagend.) Schlag' das Wetter in die ganze Wirthschaft!

Gerber.

Und darüber kommt ihr noch so in Harnisch? Ei dazu sind wir ja den Herren von jeher gut genug, daß wir für ihre Händel unsern Säckel leeren und dem Feinde das Fell gerben dürfen. Und so lang wir im Feld das Schwert schwingen, o, da stehen auch die Zünftler beim hohen Rath gar hoch in Ehren. Aber dann, ihr Meister, wann wir wieder in unsere Werkstatt heimkommen, mit windigen Taschen und zerschlagenen Gliedern — was ist dann unser Dank von den stolzen Herren?

Kürschner.

Ja leider Gottes, den kennt man schon!

Gerber.

Da, zum Exempel, wißt ihr doch, wie ich bei

Reutlingen mit Leibesgefahr den Herrn Paumgartner unter'm todten Gaul hervorgezogen, als ihm just so ein wüthiger Schwab den Schädel spalten wollt', aber — glaubt ihr vielleicht, er kennt mich hier noch, oder that nur Bescheid, als ich neulich so keck war, vor ihm die Mütze zu lüpfen? — Gott bewahre, mit schiefem Maul hat er auf die Seite geguckt.

Goldschläger.

Das sieht ihm gleich, dem gespreizten Pfauhahn. Der leibhaftige Uebermuth ist er! Aber ich kaufe keinen theuer. Mit einander, wie sie sind, diese Herren Patrizier . . .

Kürschner
(einfallend):

Mit Verlaub, Meister Goldschläger, — allzuscharf schneidet nicht, den Georg Behaim dürft ihr mir nicht mitschelten!

Goldschläger.

Und warum nicht . . . ?

Kürschner.

Weil das ein ächter altedler Herr ist, der uns Zunftgenossen von jeher in allen Stücken gerecht war, und was Hoffart ist, weiß der gar nicht. —

Gerber.

Ja, das ist wahr, den Behaim muß man loben!

Kürschner
(eifrig fortfahrend).

Erst vor ein Paar Monden wieder verhalf er mir als Schöffe zu meinem Recht gegen den Junker Nützel, der mir statt der schuldigen Goldgulden seinen eisernen Harnisch nachwarf. Aber der Behaim kapitelte das Herrchen so exemplarisch durch, daß es wie ein begossener Pudel aus der Schöffenstube schlich.

Goldschläger.

Nun, meinetwegen, der Behaim, ja! — Aber die Anderen? —

Gerber.

Alles, was Recht ist, Meister; aber den Berthold Tucher und den alten Holzschuher dürft ihr mir auch nicht verachten! — Das sind adelige Männer, außen und innen! — Und säßen nur noch ein Paar solcher im Rath, o ganz gewiß, wir wären schon lang in unserm Recht. Aber so sind wir ja nicht Fisch und nicht Fleisch, Kinder der Stadt und doch keine Bürger. Vom Stadtgut bleibt uns der Mund fein sauber, aber von den Lasten kriegt unser Rücken desto mehr zu spüren, und wenn man daran denkt, daß wir trotz alledem noch nicht ein Wörtlein in's Regiment reden dürfen. . .

Kürschner.

Wahr ist's freilich.

Goldschläger.

Ei, zum blutigen Henker! Haben wir nicht auch so helle Köpfe, wie die Zünftler in Ulm und Augsburg? — Steckt etwa der Nürnberger Witz allein in den Herrenschädeln, oder sind wir hier vielleicht mit einander armselig Handwerkervolk, daß gerade wir Nürnberger Meister noch rechtlos und mundtodt sind, — wir die einzigen im heiligen römischen Reich?

Kürschner
(beschwichtigend).

Nun, nun, Meister Vischer, was redet ihr euch so in die Hitze und vergällt euch den frischen Trunk? Laßt uns heut in Gottesnamen einmal froh werden! — Die ganze Stadt feiert ja das Maienfest, die Herren, so gut wie die Zünftler; drum soll auch heute der Herr Mai der Friedensstifter sein, — kommt, Brüder, trinkt! — Vivat der Herr Mai!

Goldschläger
(kalt).

Mir mundet's nicht.

Kürschner
(nachdem er getrunken).

Ei was, so ein herzhafter Trunk geht doch weitaus über alles Schelten, bei dem doch nichts Erkleckliches herauskommt und (über den Tisch gebogen, heimlich) ihr dürft mir's glauben, Meister, als Einem, der eine gar feine Spürnase hat, — der heimliche Brand glimmt schon stark genug in der Gemeinde; wir brauchen ihn nicht auch noch zu schüren; dafür sorgt schon der Geisbart, just so, wie's früher sein saubrer Vater gemacht hat; — in allen Werkstätten soll er sein Handwerk treiben. — Ja, glaubt mir's! — Er hat einen gewaltigen Anhang — vorab unter den Gesellen! —

Gerber.

Was? Der Geisbart, der rothhaarige Tuchmacher? Was liegt dem an unseren Rechten? Durcheinander will er haben, daß er im Trüben fischen kann! Ja, Nachbar Wohlgemuth, da denk' ich, wie ihr; von Gewalt gegen den Rath mag ich nun ein für alle Mal nichts mehr wissen.
(Der Kürschner nickt bejahend und trinkt.)

Goldschläger.

Je nun! Es käm' am Ende doch Alles darauf an, wie sich der Rath dießmal gegen uns stellt, denn anders muß es ja doch werden.

Gerber.

Meint ihr? Ei, unsere Alten haben's ja gar lecklich probirt vor dreißig Jahren, wie sie mit gewaltigem, blutigem Rumor die Herren mitsammt aus der Stadt verjagt und sich selber auf die Rathsstühle gesetzt haben.

Kürschner.

Haben auch großen Profit davon gehabt!

Gerber.

Ja wohl! wie dann der Kaiser Karl als Rächer in die Stadt gezogen kam und von siebzig Zunftgenossen die Köpfe auf den Herrenmarkt niederrollten, den alten Geisbart an der Spitze, — o Meister Vischer, gab's da Noth in den Werkstätten und Jammer in den Stuben!

Goldschläger.

So meint ihr also, stumm hinhocken und blödsinnig in die Welt hinausgucken, bis die Herren Patrizier vielleicht uns selber Gewalt anthun, daß wir uns auf die Rathsstühle setzen?

Gerber.

Gott behüte! und bei uns — das merkt euch,

junger Meister — braucht ihr eure Zunge nicht so sehr zu spitzen! — Ich will euch aber sagen, was wir thun müssen.

Goldschläger.

Nun? — Heraus damit!

Gerber.

Zusammenthun müssen sich alle ehrbaren Meister, die es mit der Stadt wahrhaftig meinen, und, wie es die Augsburger Gemeinde gethan, müssen auch wir dem Rath in allem Frieden unsere Sorgen und Bitten vortragen lassen. Zuletzt kommt Alles darauf an, wie man's den Herren sagt, und wer das so recht verstände mit scharfem Kopf und warmem Herzen, wie dort zu Augsburg der Meister Hans Weiß — — —

Goldschläger
(in die Rede fallend).

Kurz und gut, also — da meint ihr, werd' es der hiesige Rath geradeso mit uns machen, wie der Augsburger und aus purer Friedensliebe voll Reu' und Leid uns in die Arme fallen? Ah so, diesen blinden Glauben habt ihr!

Gerber.

Ja, trotz eurem wohlfeilen Witz, den Glauben hab' ich, und noch einmal sag ich: es kommt nur darauf an, daß der rechte Mann unsere Sache in die Hand nimmt, und den Mann haben wir hier in Nürnberg; der Augsburger Hans Weiß kann ihm nicht das Wasser reichen.

Goldschläger.

Und dieser neue Apostel heißt? Mich jucken wahrhaftig die Ohren!

Kürschner.

Ich weiß schon, wen ihr meint!

Gerber.

Der Wilhelm Krafft ist's, der Zunftmeister der Goldschmiede, der erst von Welschland heimkommen ist, der reichste, fürnehmste Meister in Nürnberg! Hat Einer gegen den was einzuwenden?

Kürschner.

Gott bewahre! Der braucht keinem Patrizier aus dem Weg zu gehen.

Goldschläger.

Ei, ei, das ist ja ein Wunder von einem Zunftmeister!

Gerber.

Das ist er auch, und der führt euch das Wort so klug und gewandt, wie keiner, und stellt seinen stolzen Mann vor, daß man aus dem Holz einen ganzen stattlichen Rathsherrn schnitzen kann und bleibt noch immer genug zu einem flotten Junker übrig!

Kürschner.

Recht habt ihr, Meister Stoß! Er ist aber auch der Stolz seiner Zunft und Alle dürfen wir uns was auf ihn einbilden. — Wo ist er nur? Er muß doch auch beim Feste sein?

Goldschläger
(aufstehend, höhnisch).

Mich will's nimmer auf dem Stuhle leiden, am Ende kommt euer Wundermann noch her und verhext auch mich. Da will ich doch lieber einen lustigen Tanz machen. Gott befohlen! Ihr klugen, sittsamen, alten Herren! (Er geht nach rechts zum Hintergrunde.)

Gerber
(nachrufend).

Macht euch recht lustig!

Kürschner.
Wählt euch schmucke Dirnen!

Goldschläger
(im Hintergrunde).

Dafür braucht ihr nicht zu sorgen! (Er verschwindet.)

Zweite Scene.
Der Kürschner. Der Gerber.

Kürschner.
Ich bin froh, daß er fort ist, er ist nicht unser Mann, hat ein ungewaschenes Maul.

Gerber.

Habt ihr gesehen, wie er ganz gelb ward vor Neid über den Goldschmied? — (Nach rechts schauend.) Aber guckt einmal — der Rothkopf, der dort an der Eiche steht, ist das nicht der Geisbart? Ja richtig! Und jetzt tritt der Goldschläger zu ihm hin; ei, wie sie lebhaft mit einander plaudern! — Eine hübsche Gesellschaft!

(Aus der Scene rechts dreifache Fanfare.)

Kürschner

(aufstehend.)

Doch horch! — Was hat das zu bedeuten?

Gerber

(nach rechts schauend).

Ei, seht ihr's nicht, wie jetzt der Winterkönig dort hervor stolzirt?

(Ein Marsch fängt an und dauert eine Zeit lang fort. Die anderen Zunftgenossen, die bis daher den Dialog mimisch begleitet hatten, bilden nun eine höchst aufmerksame, lebendige Gruppe, deren agirender Mittelpunkt vor Allen der Gerber ist.)

Kürschner

(ebenfalls nach rechts schauend).

Was? Den Winterkönig stellt das vor? Und was sind denn die Andern mit geschlossenem Visir, die jetzt im Kreis sich dort gegen einander aufstellen?

Gerber.

Fragt ihr aber! Ist ja das vorigjährige Spiel vom Niederland!

Kürschner.

Aber da lag ich auf dem Spannbett.

Gerber
(um den sich alle Anderen stehend gruppiren, während er allein sitzen bleibt).

Ah so! Nun also, daß ich es kurz euch erkläre: Die sieben Ritter dort stellen die sieben Monate vor — vom November bis zum Mai, — versteht ihr? — Wer nun zuletzt im Fechterspiel den Sieg gewinnt, der ist dann der Maikönig, und die anderen sechs, das sind die kalten garstigen Wintermonate, des Winterkönigs Vasallen, die dann immer tüchtig gefoppt werden.

Kürschner.

Das ist ein drollig Spiel! Wollen wir nicht auch hin, Nachbar?

Gerber.

Können's ja von hier aus bequem uns anschauen, und da drüben wird doch zuletzt der Maikönig von der Maikönigin gekrönt.

Kürschner.

So, auch eine Maikönigin kriegen wir zu sehen?

Gerber.

Und was für eine! Denn immer das schönste Fräulein wird dazu erwählt. Seht ihr! (Nach dem Hintergrunde schauend.) Jetzt tritt sie gerade dort aus den Bäumen! Wetter ist das wieder ein rosig Blut!

Kürschner.

Wo denn? — Ah! die dort mit den geputzten Kindern! — Ei, das ist ja des Behaim Tochter! Kennt ihr sie nicht? Hat dasselbe kluge Gesicht, wie ihr Vater!

Gerber.

Jetzt paßt auf, das Fechterspiel fängt an!
(Man hört in der Scene rechts Schwerter und Schilder zusammenschlagen. — Die Gruppe sieht mit höchster Spannung stehend in die Scene.)

Gerber
(noch sitzend, vergnüglich hinschauend).

Aber das Schwert fein ritterlich führen, das können sie, die Herren! Hei, wie fällt da zierlich Hieb und Gegenhieb! — Das muß man ihnen lassen!

Kürschner
(mit steigendem Interesse, das die Anderen sichtbar theilen).

Aha, seht ihr's? — Schon Viere müssen weichen! — Jetzt haben's die zwei Letzten noch mit einander zu thun!

2*

Gerber
(rasch aufspringend).

Ich denke mir immer, der mit der Goldfeder gewinnt's! — Alle Hiebe hat er bis jetzt parirt! — Aber mit dem Letzten hat er zu thun! (Leidenschaftlich agirend, woran die Anderen mehr oder minder theilnehmen.) Kling, Klang, Kling, Klang! Hei! — Jetzt hat er auch den getroffen! — nun kommen die Schilder dran — Klipp, Klapp, Klipp, Klapp — — Pautsch! — da liegt der Andere im Sand! — Respect vor der Goldfeder! (Im Hintergrund Fanfaren und jubelnder Zuruf.) Da schwing auch ich die Mütze; — Vivat der Maikönig!

(Alle Zunftgenossen stimmen mit ein.)

Kürschner.

Jetzt kommen sie zur Krönung her!

Gerber.

Nein! der Maikönig kommt erst später. Erst muß der Winterkönig mit seinen sechs Vasallen vor der Maikönigin seine Herrschaft niederlegen.

Kürschner.

Werden die Sechse unter ihrem Visir aber grimmige Gesichter schneiden! Ein närrischer Einfall — und doch ist Sinn dabei!

(Die Bühne füllt sich rasch aus dem Hintergrunde rechts mit Volk, darunter der Geisbart und der Goldschläger.)

Dritte Scene.

Der Gerber. Der Kürschner. Der Goldschläger. Der Geisbart. Grolandt. Paumgartner. Pfinzing. Agnes. Röschen.

(Von zwei geschmückten Flötenbläsern, die eine entsprechende, einfache Weise spielen, begleitet und von Kindern mit weißen Kleidern und grünen Kränzen umringt, an ihrer Seite Röschen Teppler und ein anderes Fräulein, steigt Agnes als Maikönigin in duftiger Kleidung mit einem Blumenkranz im Haar, ein blühendes Scepter in der Hand, auf den Thron. Velt Grolandt als Winterkönig und sechs Ritter mit verhängtem Visir, Schild und Harnisch, folgen und stellen sich in der Mitte der Bühne, etwas zurück, auf.)

Kürschner
(indessen zu Gerber).

Wißt ihr was? am liebsten von dem ganzen Spiel wäre mir doch die Maikönigin!

Grolandt
(als Winterkönig mit einem Scepter von Eis vor Agnes tretend).

O mächt'ge Maienkönigin,
In lenzesgrünem Throngezelt,
Der Wintermonde König fällt
Von dir bezwungen vor dir hin,
Und legt sein Scepter, rauh und kalt,
Zu Füßen dir mit bitterm Weh;

Dahin ist meines Reich's Gewalt,
Mir folget nimmer Sturm noch Schnee.
Dein flammend Aug', dein linder Hauch
Verjagte mich aus Wald und Au;
Doch warte nur, du stolze Frau!
Sechs Monde — und dein Thron fällt auch. —
Und wie dein Maienkönig mir
Die sechs Vasallen heute schlug,
Schlägt sie mein Ritter Martin dir, —
So will's des Jahres rascher Flug.
So setz' ihm auf die grüne Kron',
Dieweilen ich durch dich muß sterben, —
Ich lache deines Reich's voll Hohn,
Und sinn' im Grab auf dein Verderben.

Agnes.

O Winterkönig, trüb und kalt,
Nicht schmerzt mich sehr dein höhnend Wort,
Der Lerche Sang es überschallt,
Im Duft des Waldes weht es fort. —
Und drohst du mir mit meinem Tod,
Auch das, du Alter, schreckt mich nicht.
Mein Leben blüht so rosig roth,
Mir strahlt so klar der Jugend Licht,
Daß ich der Lust nur denken kann,
Die mir mein blühend Reich gewährt; —
Und kommt mein Tod, du neid'scher Mann,

Wird durch's Gedenken er verklärt,
Wie viel der Freuden tausendfach,
Mein duftig klingend Leben barg;
Und nach sechs Monden springt mein Sarg,
Und eine Lerche singt mich wach.
Winterkönig.
O schlimme Frau, schließt euern Mund!
Denn eure Rede macht mich wund,
Mehr, als der allerschärfste Speer.
Ich geh' ja fort, was wollt ihr mehr?
Agnes.
Nein, bleibe! — weil so neidesvoll
Du mir mein lenzig Reich gehöhnt,
Dein Aug' zur Strafe schauen soll,
Wie meine Hand den Sieger krönt,
Der deine sechs Vasallen warf,
Mit edlem Schwert, so flink wie scharf.
(Zu den Kindern gewendet.)
So bringt den Maienkönig mir,
Daß ich mit grüner Frühlingszier
Ihm kränze Helm und Schild und Schwert!
Und dir und deiner kalten Schaar
Gebiet' ich, daß ihr dieses Jahr
Als König ihn erkennt und ehrt!

Vierte Scene.
Die Vorigen. Wilhelm Krafft.

(Die Kinder mit den Flötenbläsern gehen zum Hintergrunde und führen unter Flötenmusik den Maienkönig ein. Die Schilder der sechs Ritter tragen die Wappen der Geschlechter Paumgartner, Pfinzing, Ebner, Fürer, Stromer und Kreß, — der Schild des Maikönigs trägt das Wappen der Haller.)

Kürschner
(während dessen).

Nachbar, das Spiel gefällt mir immer besser, wer nur der Maikönig sein mag?

Gerber.

Darauf bin ich auch nicht wenig begierig; thäte mich wahrlich ärgern, wenn's am Ende der Hans Paumgartner wäre.

Wilhelm Krafft
(in derselben Rüstung, wie die anderen Ritter, als Maikönig mit geschlossenem Visir vor Ignes stehend).

O Königin, vielsüße Frau,
Bin ich ein übersel'ger Mann,
Mir perlt im Aug' der Freude Thau,
Und all mein Sinnen liegt im Bann,
Weil ich es nicht begreifen kann,
Daß ich so hohen Preis gewann.

Ignes
(die erschrocken der Rede gefolgt).

Mein Gott! wer spricht zu mir?

Paumgartner
(leise zu seinem Nachbar Pfinzing).

Kennt einer diese Stimme?

Pfinzing
(ebenfalls leise).

Ich nicht, das ist nicht Otto Haller!

Krafft
(der Agnesens Befangenheit gemerkt, mit merklichem Zögern
fortfahrend).

Dein süßer Dienst, o drauf vertrau,
Im Waldesgrün, auf güldner Au,
Wie soll er werden treu bestellt — — —

Paumgartner
(laut, daß es Krafft hört).

Welch ein Verdacht steigt in mir auf!

Agnes
(verloren vor sich hin).

Diese Stimme!

Paumgartner
(das Visir öffnend).

Kein Wort mehr! — Helm und Schild verkün=
det Otto Haller; doch seine Stimme ist es nicht —
's ist ein Betrug! — Ich kenne diese Stimme! —
(Alles steht in höchster Spannung, Agnes hält sich an
Röschen.)

Groland!.

Was habt ihr vor, Hans Paumgartner?

Wie könnt ihr so gewaltsam das schöne Fest uns stören?

Paumgartner.

Er ist kein Nürnberger Patrizier — er treibt ein höhnisch Spiel mit uns! Maikönig, wer seid ihr?

Krafft
(das Visir öffnend mit stolzer Würde).

Der bin ich — Wilhelm Krafft, der Goldschmiede Zunftmeister! — (Allgemeine Bewegung unter den Zunftgenossen und Patriziern.) Herr Paumgartner, was steht zu Diensten?

Pfinzing.

Ein Zünftler?

Grolandt.

Welche Keckheit!

Agnes
(das Gesicht bedeckend).

Er?!

Nöschen.

Der Zunftmeister?

Paumgartner.

Zunftmeister, wie kommt ihr zu diesem Helm und Schild?

Krafft.

Darüber fragt den Junker Haller! — Es wird mein Freund euch Antwort geben.

Kürschner
(zum Gerber).

Ich bin ganz perplex. —

Grisbart
(das Volk aufhetzend).

He! Zunftgenossen, unser Maienkönig, hoch! hoch!

Goldschläger
(höhnisch).

Und die sechs Herren Wintermonate, hoch! hoch!
(Stürmischer Zuruf.)

Paumgartner.

Schweigt! Daß euch das Wetter in eure großen Mäuler schlage!

Agnes
(sich plötzlich fassend und herabsteigend).

Röschen — komm — nach Hause! — Herr Grolandt, seid uns behülflich — schaut nach unseren Pferden — wo ist meine Base Tucher?

Krafft
(zu Agnes mit wärmstem Ausdruck).

O tausendmal Vergebung! — mit euch hatt' ich es nicht so gemeint! — (Agnes mit Röschen und Grolandt ab.) Und nun, Herr Paumgartner, was wollt ihr von mir? Nun wißt ihr, wer ich bin!

Paumgartner.

Ja, der keckste Zünftler seid ihr, der je noch in

Nürnberg einen ausgeschämten Streich gespielt! Wie könnt ihr euch erdreisten, als Handwerksmann in unsern adeligen Kreis euch einzuschwärzen? Mit eurer schmutzigen Hand mit uns im Kampfspiel euch zu messen und also Nürnbergs ganze Herrenschaft und ein hochedles Fräulein zu beleidigen?

Geisbart
(der auf die andere Seite getreten, auf der Stufe des Blumenthrones).

Hört ihr's — schmutzige Hand hat er gesagt! — Er verachtet unsre Arbeit! — Er verhöhnt unsre Gewerbe!

Kürschner.

Das gibt einen heillosen Rumor.

Goldschläger.

Welcher Meister läßt sich das gefallen?

Geisbart.

Maikönig! Pfui über dich, wenn du den Schimpf hinnimmst! —

Krafft.

Ruhe Zunftgenossen! Geisbart, ihr vor Allen schweigt! — Ich hab's begonnen, ich allein vollend' es auch. So hört mich Alle! Vor keinem vor euch Herren scheu' ich mich zu sagen, warum ich that, was ich gethan. Um euretwillen that ich's, Hans Paumgartner, übermüthiger Herr!

Paumgartner.

Wie? das mir? schamloser Wicht! (Er zieht den Degen.)

Krafft.

Schaut um euch und laßt die Klinge stecken! — Ja, mit euch allein hab' ich's zu thun! Bei Gott, ich ehre Nürnbergs edle Herren von Grund meines Herzens, wie's meinem Stand geziemt. Doch euer bringlichstes Geschäft, das ist, uns Zunftgenossen zu verhöhnen. Nicht genug, daß wir an allen Rechten darben, — kein Spott ist euch zu scharf und schmutzig, daß ihr unsern Stand nicht mit besudelt. Handwerkergesindel, das ist der Ehrenname, den ihr überall für uns im Munde führt, und dafür habt ihr eine Züchtigung verdient und diese übernahm ich heut' für mich allein in aller Meister Namen. — Was wollt' ich mit dem blanken Schwert? Ich bin zum Zweikampf euch nicht ebenbürtig. — Rohe Gewalt dünkt meinem Sinn zu niedrig und verächtlich. — Da hab' ich mir denn diese Art der Züchtigung für euch ersehen und all' mein Lebtag soll's mich freuen, daß mir mein Wagniß so gelungen und ihr im ritterlichen Spiel von eines Meisters Schwert geschlagen worden seid!

Gerber
(laut rufend).

An den Hals könnt' ich ihm fallen!

Grisbart
(höhnisch).

Warum nicht gar?

Krafft.

Und nun weg mit der Mummerei! Sie hat mir ausgedient. (Helm und Schild einem Zunftgenossen reichend, das Kleid abstreifend und den Harnisch abnehmend.) Da steht wieder der Zunftmeister! — Gott grüß' euch, liebe Zunftgenossen!

Gerber.

Gott grüß' euch, Meister! und noch ein Vergeltsgott, daß ihr heut' unsern Stand so hoch geehrt!

Kürschner.

Gott grüß' euch!
(Lauter Zuruf; die Zunftgenossen umringen Kraft und geben ihm ihre Theilnahme zu erkennen.)

Paumgartner
(mit vor Zorn erstickter Stimme).

Und da steht ihr Herren, wie festgewurzelt und laßt mich ruhig so beschimpfen?

Pfinzing.

Was wollen wir gegen diese Uebermacht? Es wäre mehr als toll!

Paumgartner.

O, Pfui über euch! Und kostet's mich das Leben — (er holt zum Hiebe aus) — da — du frecher Goldschmied! . . .

Krafft
(rasch den Hieb parirend und ihm in den Arm fallend).

Gemach, gestrenger Herr! Der Hieb war eurer Kunst nicht würdig. (Mit feierlicher Strenge:) Ich sag' euch, laßt es gut sein; geht friedlich heim und bedenkt euch diesen Tag! Fürwahr, Herr Paumgartner, ich rath' es euch im tiefsten Ernst zum Guten.

Pfinzing
(Paumgartner beim Arme nehmend).

Kommt, Paumgartner, was ist für heute hier zu schaffen?

Geisbart
(wild).

He, Zunftgenossen, friedlich sollen wir sie ziehen lassen? Sind sie nicht Alle unsere geschwornen Feinde und haben sie uns nicht heute wieder verhöhnt? Was kümmert uns des Goldschmied's Parden? — Schwerter los! Packt die Gelegenheit beim Schopf!

Krafft
(hoch das Schwert erhebend).

Geisbart, soll ich euch niederschlagen? — Zunftgenossen, bedenkt den Frieden unserer Stadt! Jeden

Tropfen Blutes, den ihr jetzt ohne Noth vergießt, habt ihr zu verantworten! Redet, wer steht zu mir?

Gerber.

Wir Alle, Meister!

(Lauter Zuruf.)

Alle, Alle!

Krafft

(feierlich).

Ihr habt's gehört, ihr Herren! Geht heim, kein Haar soll euch geschädigt werden.

Paumgartner

(indem er von Pfinzing in den Hintergrund gezogen wird).

Maikönig, ich treffe dich noch!

Geisbart

(indem er nach links abgeht, drohend).

Und ich dazu!

Krafft.

Ich lasse mich finden! (Rechts und links einem Zunftgenossen die Hand reichend.) Auf eure Treue zähl' ich!

(Lauter Zuruf.)

Ja, das könnt ihr! — Ja — Ja!

(Der Vorhang fällt.)

Zweiter Act.

Großes Zimmer in Behaim's Hause. Hauptthüren rechts und links. Seitenthüre rechts. Links ein Fenster, davor ein Rosenstock mit mehreren Blumentöpfen. — Rechts Tisch mit Stühlen und einem Lehnstuhl. Seitwärts ein Tischchen mit einem zierlichen Arbeitsschrein.

Erste Scene.
Agnes
(in höchster Unruhe am Fenster spähend).

Kann ich ihn denn noch immer nicht erschauen, und war die lange Nacht nicht schon angstvoll genug? — O sicherlich, das ward am Abend noch ein schwerer Streit! — Er liegt todtwund daheim! — Oder warfen sie ihn gar in den Thurm? — Und ich muß hier müßig harren! — Kann nicht in sein Haus! — Nicht über die schmale Gasse! — Und möchte doch laufen viel hundert Stunden — um ihm beizustehen! —

Dort am Weinstock thut sich jetzt das Fenster auf! — Ist er's? — Nein, die Mutter! — Wie ist ihr Gesicht? — O Gott sei Dank! Friedlich wie immer! — Ruhig begießt sie ihre Blumen! — Ach, eine Centnerlast werf' ich von mir hinweg. — Er ist gesund und frei!

Zweite Scene.
Agnes. Röschen Toppler.
Röschen
(ist bei den letzten Worten hereingeschlichen. Agnes merkt es und macht sich mit der Rose zu thun; dann mit drohender Hand, halb singend).

„Schau' ich mir schier die Aeuglein aus,
Ob ich meinen Schatz nicht seh'" — —

Agnes
(verlegen).

Was meinst du damit, Bäschen? — Ich darf doch nach meiner Rose sehn?

Röschen.
Nach deiner Rose! — Ei, welch zartes, duftiges Bild! — O du liebe, leibhaftige Poesei! — Aber hab' nur keine Angst! — In aller Frühe hab' ich sie schon drüben am Fenster ganz frisch und munter blühen sehn — deine Goldrose. — Die Nachtluft gestern hat ihr nichts geschadet.

Agnes.
Mit deinem ewigen Necken! — Mir ist der Kopf so schwer...

Röschen
(einfallend).

Und das Herz noch schwerer! — So sag's nur einmal frisch heraus, dann wird es sogleich dir leichter werden! — O du stilles, verschwiegenes Wasser, wenn man deinen Grund ausmessen wollte — Himmel, müßten eure Nürnberger Seiler aber ein Stück zusammenspinnen — noch länger als der Lorenzithurm! — Ist's denn nicht zu arg? — Bin ich nun ein volles halbes Jahr bei dir, in deinem schönen lustigen Nürnberg, und soll Morgen früh schon wieder in mein langweilig Rothenburg heim, und noch kein Wörtchen hast du mir anvertraut, und bin doch dein leibhaftig Bäschen! — Aber meinst du, ich wüßte nicht doch Alles? — O an unsrer Tauber wächst gerade so viel Witz wie an eurer Pegnitz.

Agnes
(immer befangener).

Was meinst du nur mit diesem räthselhaften Gerede? — Ich verstehe dich nicht.

Röschen.

Nicht? — Ei so löse mir doch zuerst das andre Räthsel: Warum gehn wir denn gerade seit einem Vierteljahr, seit der Meister Wilhelm heimgekehrt ist, nimmer hinüber in's heimliche Goldschmiedhaus?

— Und waren doch immer so gern bei der klugen Meisterin, an der du schon als Kind gehangen, wie an der seligen Mutter! — Und wir haben früher doch immer so schön spielen können mit dem großaugigen, lockigen Buben, der schon damals nur auf dich gesehn! — Ei sag', bist du der alten Meisterin gram, oder dem jungen Meister zu gut? — Und als dir neulich in der Sebaldikirche das Gebetbuch aus der Hand fiel, da du umsahst und er hinter deinem Stuhle stand; und erst gestern wieder das seltsame Abenteuer bei dem Maifest — — ei du stolzes Nürnberger Bürgermeisterkind, meinst du, darüber hätte sich das Rothenburger Bäschen nicht längst seine Gedanken gemacht? — Nichtwahr, wenn es ein edler Junker wäre — o da hättest du mir längst Alles gestanden! — Aber freilich, weil er nur ein Zunftmeister ist. . . .

Agnes
(in höchster Aufregung).

Nein, nein — nein!

Röschen.

Um Himmelswillen kommst du außer dir! Ich will ja kein Wort mehr drüber reden.

Agnes
(mit steigender Begeisterung).

Nein, Röschen, jetzt muß es endlich ausgesprochen

werden, du hast mir das Herz zu schwer gemacht! — Weil er nur ein Zunftmeister ist — meinst du — wollt' ich mich seiner schämen? — Ich mich dieses Mannes schämen, den Gott so reich mit allen Zierden ausgeschmückt, daß ich mit scheuem Auge nur voll Ehrfurcht zu ihm aufzuschauen wage? — Zu ihm, dem blühenden Urbild eines deutschen Mannes? — O nein! stolz bin ich auf ihn, als wär's ein Herzog! — Ueberstrahlt' ihn einer der Herren an hoher, edler Gestalt, an kühner, ritterlicher Art? — O Keiner, Keiner! — Und wollt' ich eine Wage nehmen, und wollt' ich legen rechts und links von ihm und von so manchem Junker des Geistes und des Herzens Schätze, daran des Mannes wahren Werth man wiegt — o ich weiß zu gut, daß seine Schale niedersänke! — Nein, Gott sei Dank, das ist in meinem Geist kein krankes Schwärmen! — Mein Auge schauet hell, welch Kleinod ich an ihm besitze. In meiner Sehnsucht verschwiegene Nacht ist er heimgekehrt als strahlender Morgen. Und mit gesunder Kraft gerüstet steh' ich da, ihn mir zu erstreiten durch alles Wirrsal. — Kennst du das stolze Wort? — „Die Könige von Schottland wünschten besser nicht zu leben, als ein einfacher Bürger Nürnberg's." Wohl, auch ich will keine größre Ehre, als eines solchen Bürgers glücklich Weib zu werden, dann mögen sie mich achselzuckend Zunftmeisterin nur heißen — als sein Weib bin ich stolz auf diesen Namen, und halte mich für eine Königin. —

Röschen.

O Agnes, hast du eine große Seele! — Komm, ich muß dich küssen. — Aber Herzensbäschen, hast du auch schon an den Vater gedacht?

Agnes.

O darum fürcht' ich nicht. — Mein Vater hat so hohen, edeln Geist, als sein Gemüth grundgütig ist. Und kommt die Zeit, daß ich ihm muß mein Herz zu Füßen legen — — —

Dritte Scene.
Die Vorigen. Ulrich.

Ulrich
(die Hauptthüre öffnend und hinausrufend).

Kommt nur da herein — Meister Goldschmied!

Röschen.

Agnes, horch! — Goldschmied! — Wer ist da gemeint?

Agnes
(würdevoll).

Sei ruhig! — Das ist er! — Ich weiß, er bringt meines Vaters Schwert. — Röschen, komm!
(Beide links ab.)

Vierte Scene.

Ulrich. Wilhelm Krafft. Sebaldus (das Schwert verhüllt in der Hand tragend). Sie treten durch die Hauptthüre herein.

Ulrich.

Wartet hier nur ein wenig! — Der gnädige Herr wird sogleich dann kommen. (Links ab.)

Fünfte Scene.

Krafft
(für sich voll Ruhe).

Wie eigen mir doch geschieht! — Dasselbe Dach umschließt jetzt mich und sie. Der Gedanke macht mich ganz beklommen. Ob ich sie wohl sehen werde? — Und ob wohl Herr Behaim schon vom gestrigen Abend weiß? — Spät in der Nacht erst ist er heimgekehrt. Doch sei es, wie es wolle! — Vor diesem Manne kann ich Rechenschaft geben, und er wird mich begreifen. — Da kommt er!

Sechste Scene.

Krafft. Sebaldus. Behaim.

Behaim
(links heraustretend).

Ah, da ist ja Meister Krafft! — Willkommen in meinem Haus nach langen Jahren! — Ihr bringt mir mein Schwert! — Das lob' ich, daß ihr so pünktlich Wort gehalten, und auch die Arbeit, hoff' ich, soll eurer Werkstatt Ehre machen. — Ihr habt ja draußen viel gelernt — ließ ich mir sagen.

Krafft.

Gib her, Sebaldus! (Sebaldus reicht ihm das Schwert. Krafft gibt es Behaim.)

Behaim
(staunend den Griff betrachtend).

Was seh' ich, Meister? — Solch feine Zierrath hab' ich nie geschaut. Ein wahres Kleinod habt ihr mir geschaffen! — Das ist nicht mehr Handwerk — das ist Kunst! (Den Griff rundum betrachtend.) Ihr habt wohl selber diesen Griff gefertigt?

Krafft.

Für euch, Herr Behaim, ja! — Um euch, als Nürnberg's edelm Bürgermeister, meine Ehrfurcht zu bezeigen, hab' ich mit eigner Hand dieß Werk durchbildet, und aus euerm Munde freut dieß nachsichtige Lob mich mehr, als hätte mir drüber der ganze hohe Rath Brief und Siegel ausgestellt. —

Behaim.

Nein, Meister, nicht Nachsicht! — In keiner Werkstatt Nürnberg's ward Gleiches noch gefertigt, und unsre Stadt darf stolz sein auf solche Meister, die also das Gewerbe zur Kunst erheben. (Das

Schwert auf den Tisch legend.) Wie viel Gesellen habt ihr?

Krafft.

Ich habe deren dreißig, Herr!

Behaim.

Dreißig? — Ei, das ist viel! — Wie dacht' ich an solche Zahl? — Da steht wohl euer Haus in höchster Blüthe?

Krafft.

Ja, Gottlob, hochedler Herr. Seht hier, mein Altgeselle, dieser siebzigjährige Mann, ist das lebendige Zeugniß für den Segen meines Hauses. — Vor fünfzig Jahren war er bei meinem Ahn der einzige Geselle. — Mein Vater hatte dann neben ihm schon zwölf, bis ich nach seinem Tod aus Nürnberg fortgewandert. — Und jetzt, hochedler Herr, jetzt wandern meine Juwelen von der Pegnitz bis zum Meer und Venedig's Wechsel lös' ich bei mir ein mit Nüremberger Münze.

Behaim.

Ei, ei, ihr macht mich staunen!

Krafft
(mit Wärme einfallend).

Doch, Herr, daß ich es ja nicht vergesse! — Unsäglich viel verdank' ich meiner Mutter. Denn wie die kluge Frau, so lang ich gewandert, Haus

und Werkstatt wunderbarlich meisterte, daß ich Alles
blühender traf, denn ich's verließ — die Kraft
und Umsicht — denkt nur, Herr, einer Wittwe! —
die geht nun über all mein Lob, so hoch ich ihr's
auch stellen möchte.

Behaim.

Euer Reden thut Einem im Grund des Herzens
wohl, denn mich däucht, ihr seid ein eben so tüch=
tiger Mann und kunstgerechter Meister worden, als
ihr ein guter Sohn geblieben seid!

Sebaldus
(lächelnd mit dem Kopfe nickend).

O gewiß, das ist er!

Behaim.

Seht ihr's? — Der Alte stimmt mir nickend
bei, und der muß es wissen. — Also schon fünfzig
Jahre ist er in euerm Haus? — Nun wird er auch
in Frieden darin sterben! (Sebaldus wischt sich die Augen.)

Krafft.

O Herr, daran darf ich gar nicht denken. Er
ist meines Hauses guter Geist, und so ein Stück
Ahn von mir und Allen. — Und ihr glaubt gar
nicht, Herr Behaim, was er mir noch nützt! — Er
hat noch ein gar wachsam Auge, und schon sein
Beispiel für die Gesellen ist nicht mit Gold zu
zahlen.

Behaim
(zu Sebaldus, der sichtlich seine Verlegenheit verbirgt).

Hört ihr's, Alter, was der Meister von euch sagt?

Sebaldus.

Glaubt's nicht, gestrenger Herr! — Das meint der Meister Alles nur so, weil er zu gut mit mir ist. — Ich bin zu Nichts mehr nütz', eß' eben im Haus das Gnadenbrod, das unser Herrgott ihm vergelten soll, dem guten Meister — und der Frau Mutter.

Behaim
(die Hand auf Sebaldi Schulter).

Ein rührend Bild! — (Dann rasch zu Krafft.) Doch sagt mir noch, — wo seid ihr überall gewandert, und seid ihr über's deutsche Reich hinausgekommen?

Krafft
(bescheiden, und doch selbstbewußt).

O jawohl, hochedler Herr! Nachdem ich Jahr und Tag die Herrlichkeit des deutschen Reichs geschaut in Frankfurt, Mainz und Cöllen, bin ich durch Flandern und Brabant gestreift. — In Gent blieb ich ein Jahr. — Dann zog ich wieder aufwärts nach Worms und Speyer und Straßburg — bis nach Bern. — Mit einem Mal trieb mich ein heiß Verlangen nach dem Süden. — Venedig war mein stolzes Ziel, und meine Wandrung hin ein ganzes, reiches Leben. — Zwei Jahre blieb ich in der wunderbaren Dogenstadt. — Das letzte Jahr hielt ich im prächtigen Genua noch aus. — Dann aber, ganz übersatt von all dem welschen Glanz, kam mir so jäher Durst nach deutscher Art und Sitte, daß ich voll Unruh nach den Alpen eilte. — Mailand berührt' ich noch im Flug, und in Tyrol hielt ich dann gründlich Rast. — Doch auch auf deutschem Boden kam ich nicht zur Ruhe. — Ich fühlt' es wohl! das Heimweh war's nach der geliebten Vaterstadt, die trotz Cöllen und Venedig doch einzig dasteht in ihrer eigen schönen Art. — Das Heimweh, das ist nun wohl gestillt; doch eine andre schlimmere Wunde ist in der Vaterstadt (auf das Herz deutend) dahier mir schmerzend aufgebrochen. — O Herr, überall in deutschen wie in welschen Landen ward ich als Nürnberger Meisterssohn mit Ehren aufgenommen; überall sah ich die Meister freien Bürgerthums sich längst erfreuen. Und ihr, ihr habt so tiefen, edeln Sinn, daß ihr mein Werk hier Kunst geheißen — doch was bin ich in meiner Vaterstadt? — Was sind wir Alle, die wir hier in Nürnberg Meister sind? —

Behaim.

Laßt das jetzt! — (Ihn beim Arm nach rechts in

die Fensterbrüstung ziehend.) Und ich rath' euch für jetzt zum Guten: haltet mir besser Maaß und Ziel, und zügelt euer rasches Blut! — Denn euer allzu trotzig Auftreten bei dem Maifest gestern —

Krafft.

O Herr Behaim — so wißt ihr schon? —

Behaim.

Alles weiß ich. — War meine Tochter nicht dabei?

Krafft.

Aber vergebt mir, wenn ihr auch wüßtet, mit welchem trotzigen Hohn schon wochenlang zuvor die stolzen jungen Herren es an uns gebracht —

Behaim
(mit Ruhe einfallend).

Ich weiß das Alles, und doch kann ich nicht loben, was ihr thatet. — Euern ehrbaren Stand ehr' ich, wie nicht leicht ein Andrer. Aber Schranken gibt es eben doch, die durchaus zu achten sind. — Und was erringt ihr damit, daß ihr sie so durchbrecht? — Ihr vergrößert nur die unselige Kluft, und verderbt euch selber eure eigne Sache, — obwohl ich auch wieder begreifen kann, warum ihr's dennoch thatet — ihr seht, ich bin nicht ungerecht, und mein' es gut mit euch.

Siebente Scene.
Die Vorigen. Ulrich.
Ulrich
(links hereintretend, heimlich).
Gestrenger Herr, wenn ihr so gnädig wärt...
Behaim.
Ihr seht, man ruft mich. — Also, Maaß gehalten und nicht die Geduld verloren! — Behüt' euch Gott! — Und nochmals Dank für dieses Meisterwerk! (Er geht links ab. Ulrich, der Krafft höhnisch beobachtete, geht rechts ab.)

Achte Scene.
Krafft. Sebaldus.
Krafft
(für sich).
Welch gütiger Tadel eines ächten Edelmannes! — Also, sie hat es ihm gesagt? — O sicherlich, sie zürnt mir schwer! — Und ich muß jetzt fort, kann ihr's nicht sagen, warum ich es thun mußte! — Und doch, um jeden Preis muß sie es heute noch erfahren! — (Ein Blatt herausziehend.) Auf diesem Blatt steht Alles. — Und ich weiß, diese Worte machen Alles wieder gut! — Aber, wie, wie geb' ich es ihr? — Durch den Diener? — Nein! er hat ein falsch Gesicht. — Nicht um die Welt! — Ah, da steht ihr Arbeitsschrein, wie eigens für mich

hergestellt! — Ich wag' es! — Da muß sie's finden. (Er legt das Blatt in das Kästchen und schließt es.) Sebaldus, du hast Nichts gesehen!

Sebaldus
(der rechts steht).

Hab' ich denn was sehen sollen, Meister? — Aber — (näher tretend) nehmt mir's nicht übel, ihr wißt ja, bin so ein alter Skrupelkrämer! — O, wenn es nicht Jedermann lesen darf — ich bitt' euch: nehmt's doch ja wieder heraus! — Thut's, guter Meister, mir zu Liebe! — Ich bitt' euch recht von Herzen.

Krafft.

Du bist zu ängstlich, Alter! — Wer kommt an diesen Schrein, als sie? — Und sie muß es noch heute haben! — Die Liebe birgt es hier — die Liebe wird es finden! —

Sebaldus
(zweifelnd, schmerzlich).

Will's glauben, Meister!

Krafft.

Nun komm! — Wir haben hier Nichts mehr zu thun!

Sebaldus
(für sich).

Du lieber Himmel — und läßt sein offnes Herz zurück! (Beide ab durch die Hauptthüre.)

Neunte Scene.
Ulrich
(der, dem Zuschauer sichtlich, an der Seitenthüre rechts gelauscht hatte, hereinschleichend).

Was hat der da hereingesteckt, der hochmüthige Goldschmied, der sich über die Herren stellen will? — (Das Kästchen öffnend.) Sieh, sieh! — Ein Blatt in unsres edeln Fräuleins Arbeitsschrein! — Ei, du frecher Zünftler! — Kann's zwar nicht selber lesen. Aber warte du nur! — Mein Vetter Goldschläger wird mir's vorbuchstabiren! (Rechts ab.)

Zehnte Scene.
(Aus der Thüre links treten Behaim, Paumgartner, Groland und zuletzt Holzschuher, von Tucher geführt.)

Behaim
(in großer Bewegung).

Nehmt's mir nicht übel, werthe Herren, aber ich kam erst in tiefer Nacht von Rothenburg, so sind mir all' eure Worte noch Räthsel. Darum bitt' ich euch, setzt euch erst! (einen Lehnsessel an den Tisch rückend, zu Holzschuher) Ehrwürdiger Herr, darf ich bitten, kommt hieher in den Lehnstuhl! (Nachdem sich Alle gesetzt: Holzschuher links auf dem Lehnstuhl, dann Behaim an der Ecke des Tisches, gegenüber Paumgartner.) Also wie? wie steht's, ihr Herren? —

Der Burggraf mit dem Greiner wegen unsrer Wälder gegen uns verbündet — sagt ihr? Es ist nicht möglich! —

Tucher
(sehr erregt).

Aber leider gewiß! — So eben sprengten Eilboten von Nördlingen herein! — Seht her und glaubt es! (Er reicht Behaim einen Brief.)

Behaim
(lesend, voll Unmuth).

Also wirklich, Burggraf Friedrich, des Kaisers Vogt in unsrer eignen Stadt, und Graf Eberhard von Württemberg, der gefährliche Greiner, sie rücken feindlich heran auf Nürnberg?

Grolandt.

Und ringsum stößt der Landadel zu ihnen, der schon lang mit scheelem Aug' auf unsre wachsende Wohlfahrt sieht. Ei, da kommt ihm des Burggrafen Handel gar gelegen! —

Behaim
(voll bittrer Energie).

Die Wälder Nürnberg's sind unser freies Eigenthum und der Burggraf kann kein Privilegium dran erwerben. So lautet der Churfürsten Richterspruch, vom Kaiser uns bestätigt! — Und also wird dieß Urthel von zwei Fürsten des Reichs durch solchen

Friedensbruch verhöhnt? — Was wird nun Kaiser Wenzel thun für das Ansehn des Kaiserwortes und das Recht von Nürnberg, seiner Geburtsstadt?

Tucher.

Der Kaiser muß uns helfen! — Wie kann unsre einzige Stadt so zwei gewaltigen Feinden trotzen? Oder kann der Kaiser wollen, daß Nürnberg, seine liebste Stadt, und des Reiches stolze Zier dem Feind ihrer Freiheit anheimfällt? — Ich frag' euch, ihr Herren — kann das der Kaiser wollen? —

Holzschuher
(der bisher regungslos zugehört, mit emphatischem Schmerze).

Der Kaiser? — Nach dem Kaiser fragt ihr? — Wir haben keinen! — War Karl ein deutscher Kaiser oder wird Wenzel einer sein? Ja! — sie heißen so, aber sie sind es nur für sich und ihr Haus. — Das Reich weiß nichts von ihrer heiligen Macht! — Aus Fug' und Angel ist's gewichen, und nur die Zwietracht schafft noch Eintracht. — Die Fürsten verbünden sich — die Ritter — die Städte. — Wozu? — Für des zerrissenen Reiches alte Macht und Herrlichkeit? — O wäre das werth einen ganzen Strom von Blut! — Aber nein! — sie einigen sich nur, um sich einander zum Verderben zu bekriegen. — Der Neid und die Gewalt,

das sind die zwei trotzigen Herren im Land, und
das Recht ist der Knecht, den man verhöhnt und
tritt und knebelt! — Und da staunt ihr noch, wie
es nun auch uns in Nürnberg geht? — O ihr lie=
ben Herren, mich achtzigjährigen Mann verwundert
schon lange nichts mehr im deutschen Reich!
Behaim.
Herbe bittre Worte, aber leider wahr!
Tucher.
O ehrwürdiger Herr! daß ich euch widersprechen
könnte!
Grolandt
(rasch und entschlossen).

Und doch, ihr Herren, sei es also! Was kann
unsre einzige Stadt dran ändern? — Aber unsern
alten Muth soll es nicht verzagt machen! — Wohl!
— Mögen die zwei Fürsten gegen uns stehen, un=
ser Städtebund steht gegen sie! Die Freiheit unsrer
Stadt soll dem Herrn Burggrafen als eine solch
störrige, eisenstrotzende Braut entgegen treten, daß
ihm wahrlich das Umarmen gründlich verleiten soll!
Holzschuher.
Kann sein, kann sein! — aber wer weiß es?
Tucher.
Und der Wohlstand unsrer Stadt, unser Handel,
unsre Gewerbe — Alles in der üppigsten Blüthe!

4*

Behaim
(mit großer Ruhe, aber entschieden).

Wir sollen rüsten und befestigen, wohl! das mein' auch ich. Aber mich däucht, auch an jenes andere Rüstzeug sollen wir jetzt denken und an seinem alten Schaden zu bessern suchen, daß es tauglich ist zum Widerstande, wenn der Feind vor unsre Thore zieht — noch stärker, noch zäher, noch unüberwindlicher, als Eisen und Steine — —

Grolandt.

Was meint ihr damit, Herr Behaim?

Behaim
(feierlich).

Den Frieden in unsrer eignen Stadt! Und leider Gottes, daß ich es sagen muß, den haben wir nicht in Nürnberg. Nein — tiefer Unfriede liegt zwischen uns und den Zunftgenossen; — wer kann sich's bergen? (Tucher und Holzschuher stimmen durch Geberden bei.)

Grolandt
(barsch).

Darauf antwort' ich euch: wir Herren allein sind die Stadt, — das Andre — das ist Pöbel!

Holzschuher
(verweisend).

Grolandt!

Tucher.

Ein wohlfeil Wort! (Paumgartner lacht höhnisch.)

Behaim

(voll Unmuth).

Pöbel? und das sagt ihr? — Ein kluger gestandener Mann unter uns Männern? — Gerade heraus! Von euch, Veit Grolandt, thut dies Wort mir weh! — Ei, so schaut euch doch der Zunftgenossen wohlhäbige Häuser an, besucht mit Verständniß ihre blühenden Werkstätten, prüft erst mit aufmerksamem Aug' ihr kernig Leben, ihre Art und Sitte, und dann sagt mir nochmal, ob das Alles so leichthin Pöbel sei! — Ich für meinen Theil, sonder Hehl bekenn' ich's, ich halte die Zunftgenossen für den derb gesunden Kern des deutschen Volks, und ehre deutschen Geist und deutsch Gemüth, wo ich sie finde, gleichviel ob im Patrizierrock, oder unterm Schurzfell. — Und ein schlechter Prophet will ich sein — treibt der junge Baum der Kunst so fröhlich weiter, wie er in Nürnberg jetzt die ersten Knospen angesetzt, dann, Veit Grolandt, können die Tage noch kommen, wo manch' ein Name aus dem Nürnberger Pöbel in hellem Glanz noch durch die deutschen Lande leuchtet, dieweil von unsern edeln Herrenschildern vielleicht manch' einer verrostet und längst vergessen ist. —

Holzschuher.

O Behaim! wo ist eure Hand? Gebt sie mir, daß ich sie drücken kann! —

Tucher.

Ihr habt geredet, wie ihr seid, als ächter Edelmann!

Grolandt
(auffahrend und zur Seite tretend).

Und ich wäre sonach keiner — Berthold Tucher? — Denn ich bleibe bei meinem Wort!

Paumgartner
(höhnisch scharf).

Und ich, bin ich auch der jüngste von euch Allen, will doch endlich auch den Mund aufthun, nachdem ich mich so lang als stummer Schüler von eurer Weisheit belehren ließ. Und so sag' ich euch, Herr Behaim: liebäugelt nur mit dem gemeinen Mann und hätschelt ihn, spielt nur mit dem Feuer in unsrer Stadt, bis es in wildem Brande wieder die Privilegien unsers Standes gierig verzehrt, daß zuletzt auch Nürnbergs edle Herrenschaft ihr unantastbar Recht mit niederm Zünftlervolke theilen muß!

Grolandt.

Er hat Recht!

Behaim.

Welch kecke Sprache, Hans Paumgartner! —

Ich denke, in meinen Adern fließt so gut patrizisch Blut, wie in den euern, nur mein Auge mag etwas heller sehn, als euer Geist, der unsre Zeit nur durch's Visir beschaut; (mit Ironie) und dadurch, daß ihr turniergewandten jungen Herren euch gestern von einem zünftigen Meister schlagen ließt, dadurch, däucht mich, ist doch die Stadt noch nicht gefährdet! —

Holzschuher.
Behaim, seid klug!

Paumgartner.
O spottet nur! und auch dadurch nicht, daß die Zünftler heute Nacht im Haus des nämlichen überkecken Wichtes zum Aufruhr gegen uns Alle sich verschworen haben?

Behaim.
Das haben sie?

Groland.
Ist es nicht stets ihr heimliches Geschäft? — Wer mag dran zweifeln?

Behaim.
Wo sind eure Beweise?

Holzschuher.
Recht, Behaim! Beweise! — —

Tucher.
Und was soll geschehen?

Paumgartner.

Noch heute muß sich der Rath versammeln und dieser Schurke von einem Zunftmeister muß in den Thurm geworfen werden und den Henker zum heimlichen Gast bekommen. Dann ist des Aufruhrs Schlange kopflos und die Gefahr vorbei. — Was hilft da Procedur bei diesem abgefeimten Heuchler, der die Ehrbarkeit zur Maske trägt? — und thun wir es nicht, den Fluch von Kind und Kindeskind laden wir auf unser Haupt! — (da Behaim mit dem Kopfe schüttelt) Herr Behaim, ihr schüttelt mit dem Kopf? — Ihr seid nicht meiner Meinung? ihr werdet doch den Aufrührer nicht etwa schützen und im Rathe gegen mich reden wollen?

Behaim
(im höchsten Unmuth aufstehend, während auch Tucher aufsteht, und nur Holzschuher und Paumgartner sitzen bleiben).

Ja, beim gerechten Gott, das werd' ich! Hans Paumgartner, junger Herr, ihr sinnt mir an, ich und diese Männer, hier der ehrwürdige Greis, wir sollen eure Helfer sein, ein Kind unserer Stadt und wär's der letzte Bettler auf der Gasse, sonder Verhör, sonder Urtheil verstohlenem Mord zu überliefern? — Ist das etwa bei euch jungen Herren neue Patrizierart? — Ich heiße solchen Plan zu allen Zeiten, euch und Jedem in's Gesicht, eine gottlose Schandthat!

Paumgartner
(aufspringend).

Herr Behaim! das mir? den Schimpf sollt ihr bezahlen! (unter der Thüre) Achselträger der Ihr seid! (Ab.)

Eilfte Scene.

Behaim. Holzschuher. Tucher. Groland.

Holzschuher.
Das schreit zum Himmel!

Tucher.
Auch ich verachte solchen Plan von ganzer Seele!

Groland
(auf die linke Seite tretend).

Herr Behaim! ich aber frag' euch, ist das Patrizierart, mit einem Standesgenossen so zu reden?

Behaim.
Ja, Herr Groland! wie der Antrag, so die Antwort! und er mag Gott drum danken, daß er nur vor euch in dieser Stube und nicht im vollen Rathe diesen Plan mir angesonnen! Hören müssen wir erst die Zunftgenossen, hören um jeden Preis mit ihren Klagen, ihren Bitten! — Und wenn es menschenmöglich ist, so laßt uns Frieden stiften

zwischen uns und ihnen! — Bedenkt, es rückt der Feind vor Nürnbergs Thore.

Tucher.

Auf meine Hülfe dürft ihr zählen!

Groland t.

Auf mich, Herr Behaim, rechnet nicht! — (Zur Thüre tretend.) So zählt euch zu den Neuen, die unser Recht so leichthin aus den Händen geben; ich bleibe bei den Alten, die es festhalten, so lange meine Kraft nur reicht. Hier hab' ich ausgeredet, im Rathe mehr! (Ab.)

Holzschuher
(an der Hand Behaims und Tuchers, welche ihm zur Rechten und Linken getreten, sich aufraffend).

Und ich, ein Greis von achtzig Jahren, ich zähle zu den Neuen, die ihre Zeit verstehen! — Doch im weisen Rath will ich ein Alter bleiben.

Tucher.

Das Heil der Stadt sei unser Ziel!

Behaim.

Und die Gerechtigkeit sei unser Weg!
(Ueber der ruhig stehen bleibenden Gruppe fällt der Vorhang.)

Dritter Act.

(Wohnzimmer in Krafft's Haus. Mittelthüre. Rechts und links Seitenthüren. In der Rückwand links ein Fenster. — Links Tisch und Stühle.)

Erste Scene.
Frau Krafftin. Sebaldus.

Frau Krafftin
(tritt mit Sebaldus von rechts herein).

Sebaldus, was hat der Herr Behaim gesagt über des Meisters Werk?

Sebaldus.

O Frau Mutter, nasse Augen hab' ich bekommen, soviel des Lobes hat er dem Meister gesagt, und solch kunstreich Werk sei in Nürnberg noch gar nicht gefertigt worden, und die Stadt könne stolz sein auf den Meister — hat er gemeint.

Frau Krafftin.

So viel Ehre hat er meinem Sohn erwiesen, der gütige Herr! und hast du etwa gemerkt, daß drum der Meister fröhlicher heimkam, als er fortgegangen war?

Sebaldus.

Ach, gute Frau Mutter, müßt das nicht so nehmen!

Frau Krafftin.

Nein! Sebaldus, ich will's von dir wissen: ist das ein Hirngespinnst in meinem Kopf, daß ich mir denk': alle Tage, seit der Meister heimgekehrt, befall' ihn immer mehr verstohlener Trübsinn? Oder sag' mir Alter, sieht mein Auge recht? Ich traue mir selber nimmer! Drum sag' du's, wie ist es?

Sebaldus.

Je nun, Frau Mutter, freilich, des Meisters Sinn ist oft wohl ernst und gedankenvoll, aber bedenkt nur selber: das Geschäft ist groß und sorgenreich. Ja, Frau Mutter, das Meisterlehrjahr will auch überstanden sein.

Frau Krafftin.

Ei was, Sebaldus! der Meister ist mein Sohn, den ich wahrhaftig von Kindesbeinen an nicht verhätschelt habe! Müßt' ich mich ja für ihn schämen, wenn die Sorg' und Arbeit den jungen starken Mann jetzt traurig machte, die mir als verwittibtem Weib schier eine Lust gewesen! Nein, Alter! die Last muß schwerer sein, die so gewaltig ihn niederdrückt.

Sebaldus.

Weiß nichts, Frau Mutter, und ihr grämt euch wahrlich zuviel!

Frau Krafflin.

Etwa, daß ihm heimliche Lieb' im Herzen sitzt? Aber ist er denn ein zimperlich Fräulein, daß ihm die Liebe kann das Herz siech machen? Hab' ich doch zu meiner Zeit immer gemeint, daß sie's nur fröhlich macht, als wie ein frischer Mairegen, der auf den Blumenanger fällt! — Und hat er wirklich da drüben an das schöne Rathsherrn-Kind sein Herz vergeben, ei, so wird er auch wissen, wie er's mit ihr hinausführt! Dafür sitzt ihm über'm warmen Herzen ein kluger Kopf. Und wär's der erste Zünftler im Reich, der sich ein Fräulein zum Gespons erkürte? War ja seine Meisterin zu Cöllen selber keine von den letzten Herrentöchtern! — Und auch diese sollt' es wahrlich gut haben im stattlichen Goldschmiedhaus, so gut wie im ältesten Patrizierhof! — Nein, das muß ein ganz anderer grimmer Wurm sein, der so gewaltig an dem kernigen Holze nagen kann!

Sebaldus
(nach links deutend).

Ei, seht! da kommt der Meister selber!

Frau Krafftin.

So geh' zu den Gesellen, Sebaldus!

Sebaldus.

Gott sei Dank! Ich, darf ja nicht aus der Schule schwaßen. (Er geht rechts ab, Frau Krafftin setzt sich nieder.)

Zweite Scene.

Frau Krafftin. Krafft.

Krafft

(tritt rasch links herein in demselben Kleid, das er bei Behaim getragen).

Mutter, es thut mir leid, aber der Junge, dein Pathenkind, muß noch heut' aus dem Hause!

Frau Krafftin
(ohne aufzusehen).

So hat er dich wieder belogen?

Krafft.

Und bestohlen dazu; darum besser bei Zeiten ausgemerzt aus der Zunft! denn ein ehrlicher Meister wird er doch nie!

Frau Krafftin
(kalt).

Mir thut's zwar weh um die Mutter, aber du bist der Hausherr und Meister und strenge Zucht thut noth. Ich rede dir nichts in dein Regiment. (Sie sieht starr vor sich hin.)

Krafft.

Was ist dir Mutter? Du siehst so düster drein, wie ich es gar nicht an Dir gewohnt bin. — Fehlt dir was?

Frau Krafftin
(halb aufsehend).

Mir? — O, mir fehlte wohl nichts und das Herz stände mir gar hoch in lichtem Frohsinn; aber du, du ziehst mir's ja immer wieder herunter in dunkle Kümmerniß!

Krafft.

Ich, Mutter? Was machst du dir für seltsame Gedanken? — Was thu' ich, was dir Kummer schafft?

Frau Krafftin
(einen Augenblick mit sich kämpfend, dann sich aufraffend mit herbstem Affect).

O hinweg mit dem Mühlstein, der mir am Herzen hängt! — O sieh — Wilhelm — mein guter Sohn — du treues Kind nach dem Herzen Gottes — du Stolz meiner Sippe — —

Krafft
(sie unterbrechend).

Mutter! was ficht dich an?

Frau Krafftin
(mit steigender heftiger Bewegung).

Du weißt, ich bin wahrlich mein Lebtag kein

weinerlich Klagweib gewesen und unser Herrgott durfte mir von jeher eine Last auflegen, so schwer sie auch wog; ich trug sie und redete nimmer darüber. Doch ich muß das Leid mit Händen greifen, muß es fest anschauen können, und dann bin ich ihm auch gewachsen. Aber daß ich jetzt Tag für Tag so müßig zusehen muß, wie du in deinem eigenen Haus nicht froh werden kannst, trotz Allem, was ich dagegen thu', und daß ich mir's nicht ausklügeln kann, was das für ein zähes Leid ist — o sieh', mein Sohn, das ist, wie wenn ein Dieb mir Tag für Tag stückweise meinen besten Schatz stiehlt und ich kann's nicht finden, wo er ein- und ausgeht und kann nicht mit dem Diebe ringen. (Mit dem Ausdruck herben Schmerzes.) O sag's deiner Mutter! — Nenn' ihr, mein armer Sohn, die schlimme Sucht, dran deines Lebens Lust so jählings sich verzehrt! — Dein Haus, o blüht es nicht über und über von Segen? — Und ich weiß, mir hat es dein offner strahlender Blick, das frische Blut auf deinen Wangen hat mir's gesagt: als reines Reis hab' ich dich ausgesandt und als gesunder mächtig sproßender Baum bist du mir draußen aufgeblüht! — Oder, sag', verlangt dich nach der Hausfrau? O so führe sie heim, wer immer sie sei, ich will euch segnen und will sie als Tochter umarmen. — So liegen des Lebens Güter alle, alle, sie liegen vor dir da und du, mein Sohn, siehst dennoch finster auf sie nieder; o, sieh' zu, daß du dich nicht gar schwer versündigst!

Krafft
(ergriffen — ausweichend).

O Mutter, Mutter, laß mich, quäle mich nicht! — Noch höhere Güter gibt's, als Haus und Weib und Gut! Doch was sag' ich dir's auch, was da drin im stürmischen Drange noch gährt? — Mutter! du verstehst mich nicht!

Frau Krafftin
(im Tone schmerzlichster Kränkung).

Nimmer verstehn? — die Mutter — den Sohn? — So hoch bist du draußen über mich hinausgewachsen? — Und ich habe doch deine Schmerzen verstanden und gestillt, eh' du sie selber begriffen! — Und wenn ich zurückdenk' an alle die einsamen Wittwenjahre — aber nein! — laß gut sein, Sohn! Ich quäle dich nimmer. — Nun will ich's gar nicht wissen. (Sie setzt sich wieder hin und blickt finster drein.)

Krafft.

O Mutter! rede nicht so! — Du mußt mich recht verstehn! — Ich bin nicht nur dein Sohn, ich bin auch ein Kind dieser Stadt und ein Mann unter Männern! — Es muß sich erst noch Alles in mir klären und bald sollst du's wissen! Und jetzt sei mir nimmer gram, und that ich dir weh, vergib mir's, Mutter! (Er küßt sie rasch auf die Stirne und tritt zur Thüre links; plötzlich vor dem Fenster stehen bleibend.) Was lauert da für verdächtig Volk vor meinem Hause? — Was mögen die wollen? — Ei, da will ich doch einmal fragen gehen. (Er nimmt im Hinausgehen das Schwert, das an der Wand hängt.)

Dritte Scene.

Frau Krafftin
(für sich).

Ein Kind unserer Stadt! — ein Mann unter Männern! — Und bald soll ich Alles wissen! Heiliger Gott — vor dreißig Jahren! — wie blutiger Qualm wirbelt's auf in meinem Gedächtniß! —

Vierte Scene.

Frau Krafftin. Agnes.

Agnes
(ängstlich zur Mittelthüre hereintretend).

Frau Krafftin! gute Meisterin, seid ihr allein zu Haus?

Frau Krafftin
(die Arme nach ihr ausstreckend).

Agnes, Kind! Kommt ihr auch einmal wieder?

aber wie schaut ihr angstvoll drein? was bringt
ihr mir? O nichts Gutes! (Sie steht hastig auf.)

Agnes.

O gute Mutter, wo ist euer Sohn? Ist er
schon daheim? —

Frau Krafftin.

Mein Wilhelm? — Ja! — Aber um Himmelswillen, was fragt ihr so verstört nach ihm?

Agnes.

O, er muß fort! noch heute — weit fort —
aus der Stadt, sein Leben ist nimmer sicher hier!
— Man will seinen Tod!

Frau Krafftin

(aufschreiend).

Seinen Tod! — meines einzigen Kindes Tod!
— Und für welche Schuld? o rede, gute Tochter,
aber schnell, schnell, wer hat ihn angeklagt? um
welche schlimme That? — Aber er ist rein — rein
— ich weiß es! —

Agnes.

O nur Geduld! mir ist mein Kopf ganz wirr.
Bei meinem Vater drüben — was verstand ich
davon? Aber Alles hört' ich genau. Das Haupt
der Zunftgenossen soll er sein, — so klagten sie
ihn an — und gegen die Patrizier hab' er sich verschworen — heute Nacht — hier in eurem Haus! —

Frau Krafftin.

Das ist erlogen — teuflisch erlogen! — kein fremder Fuß betrat diese Nacht sein Haus!

Agnes.

Auch mein Vater glaubt es nicht und er will ihn schützen. Aber der Hans Paumgartner, — im Hausflur hört' ich's ihn zu seinen Knechten sagen, — der will ihn erschlagen lassen, — wo er ihn nur trifft, und er thut's, der zornige, gewaltthätige Mann! O nicht zum denken! — todtschlagen ihn — von rohen Knechten! (Sie sinkt auf den Stuhl nieder; links in der Scene hört man Gefecht.)

Frau Krafftin.

Gerechter Gott! — sie morden ihn schon! — O Wilhelm, Wilhelm, wo bist du? (Sie reißt das Fenster auf.)

Agnes
(aufspringend).

Ich kam zu spät!

Fünfte Scene.
Frau Krafftin. Agnes. Krafft.

Krafft
(draußen rufend).

Ihr feigen Mordknechte! grüßt mir euren Herrn, Hans Paumgartner vom Meister Wilhelm Krafft! (Während Frau Krafftin und Agnes sprachlos dastehen, tritt

Krafft burch die Thüre links und läßt beim Anblick der Agnes das Schwert fallen; in freudigem Staunen.)

Agnes — Ihr?

Frau Krafftin
(ihn mit der Hand hastig betastend).

O mein Sohn! du bist doch heil? Nein, du blutest! —

Krafft.

Ei was? Geritzt! — doch diesen schlug ich Risse! — Aber sagt mir, Mutter — Agnes — o, ihr in meinem Hause! und jetzt gewahr' ich's erst, zitternd und in Thränen! Wie soll ich's deuten?

Frau Krafftin.

O mein Sohn, sie kam dich zu warnen, zu retten!

Krafft.

O Agnes! ihr, ihr weint und zittert um mich?

Frau Krafftin.

Herr Paumgartner hat dich angeklagt, du seist ein Verschwörer gegen die Herren und erschlagen will er dich lassen, wo er dich trifft! — Heute noch, sogleich mußt du fort, aus der Stadt, weit fort! —

Krafft.

Nicht um mein Leben! so nöthig bin ich in der Stadt!

Agnes.

O Meister — Wilhelm! — Auch nicht, wenn

ich mit aller Macht der Seelenangst euch darum bitte? O flieht! rettet euch! Was scheu' ich mich's zu sagen? — für euch und mich! Ihr seht ja, wie ich um euch zittre! O rettet mir euer Leben — euer kostbar unersetzlich Leben!

Krafft.

Ich kann und darf nicht aus der Stadt, drin ich erst den Sturm beschwören muß, der in ihr gährt, und jetzt erst hab' ich zwiefach Kraft zu meinem schweren Werk. — (Voll männlicher Innigkeit.) O Agnes, mein kühnstes Hoffen hat sich ja erfüllt. — Mit euch im Jünglingsherzen zog ich aus, mit euch im Mannesherzen kehrt' ich heim. Die lange Wanderzeit wart ihr mein heilig Freuen und mein stummes Sehnen! Die reine Leuchte wart ihr in so manchem Dunkel! Ihr wart der hohe Preis, nach dem ich rang mit allen meinen Kräften! —

Und jetzt, jetzt öffnet ihr so plötzlich und so weit mir eurer Liebe blühenden Garten, davor ich nur verzagt gestanden und scheu hineinzublicken wagte. —

O Mutter! lege deine Hand auf unser Beider Haupt! —

(Es schlägt zwei Uhr; hastig:)

Aber jetzt — vergebt — jetzt muß ich fort, es ist die höchste Zeit; und ich darf — — um keinen Preis der Welt darf ich fehlen. —

O! nicht wahr Agnes! — Morgen, morgen kommt ihr wieder? — Was tragt ihr Scheu? ihr habt ja meine Mutter!

Agnes.

O Wilhelm! — jetzt fort! — nein — ich laſſ euch nicht — in allen Gaſſen lauern ſie euch auf. —

Frau Krafftin.

O mein Sohn! wohin willſt du?

Krafft.

In unſre Zunftſtube muß ich zu hochwichtiger Berathung. Alle Meiſter harren mein! — Haltet mich nicht länger! — Ich darf nicht fehlen. —

Frau Krafftin.

O Wilhelm, was mengſt du dich in dieſe Händel, darin nur Hoffart ſteckt?

Agnes.

O mein Geliebter, kniefällig bitt' ich euch, gehet nicht hin! — Mir ahnt für uns nichts Gutes.

Krafft

(ſehr präciſirt).

O Mutter — Agnes —! Der Sohn und der Geliebte möchte bleiben, aber der Mann muß fort. Lebt wohl! — **Ich muß!** (Er hebt raſch das Schwert vom Boden auf, drückt Beiden die Hand und tritt durch die Mittelthüre ab. Frau Krafftin und Agnes gehen nach rechts ab.)

Verwandlung.

Die Zunftstube der Goldschmiede, mit entsprechenden Zunftzeichen ausgeschmückt. Rechts und links und im Hintergrunde Tische mit Stühlen. Die Stube füllt sich rasch durch die Mittelthüre mit Zunftgenossen. Der Gerber und der Kürschner setzen sich links in den Vordergrund, Geisbart mit dem Goldschläger rechts. Während des Hereintretens drückt dann und wann ein Zunftgenosse dem andern die Hand und man hört den Gruß „guten Abend, Meister." Die Haltung ist sehr ernst.

Sechste Scene.

Geisbart. Goldschläger. Gerber. Kürschner. Zunftgenossen. Diener.

Geisbart
(zur rechten Seitenthüre hinausrufend).

He da! Stubenknechte, volle Krüge her, wer denken will, muß trinken!

Kürschner.
Wo bleibt nur der Krafft?

Gerber.
Der bleibt nicht aus. Es hat eben erst zwei geschlagen.

(Unterdessen tragen mehrere Diener Krüge auf.)

Geisbart
(nachdem er getrunken).

Brüder, wollen wir nicht ein geistlich Lied vorher singen? Aber nein, wartet einmal! — Unsre

Köpfe gucken schon salbungsvoll genug in die Welt. Ich weiß was Beßres. Will euch ein Räthsel aufgeben, daß ihr in lustige Stimmung kommt! — Ich sag' euch ein so schnurriges Räthsel, daß ihr auf vier Wochen all euer Elend vergessen sollt! Aber zuvor noch einen guten Trunk! (Er trinkt.)

Gerber.

Was wird da kommen? — Thut der patzig! —

Kürschner.

Wenn nur der Krafft schon da wäre!

Geisbart.

Gebt Acht, Zunftgenossen! daß ihr mir nur nicht an eurem Zwergfell Schaden leidet! — da habt ihr's!

(Krafft tritt durch die Mittelthüre ein und bleibt darunter, scharf beobachtend, stehen.)

„Ein räudiger Hund
Hat einen Knebel im Mund,
Darf sich nicht mucksen,
Muß immer sich ducksen,
Muß aber beißen,
Wenn's ihm geheißen.
Dafür wird ihm zum Lohn,
Jahraus, Jahrein,
Geschunden das Fell,
Und Schimpf und Hohn

Noch obendrein.
Wer räth es schnell?
Ist das nicht ein Räthsel zum Todtlachen. (Er lacht höhnisch.)

Gerber
(für sich).

O du abgefeimter Rothkopf!

Geisbart
(da alle Zunftgenossen stumm dreinsehen, höhnisch).

Ja, was ist denn das? — Es lacht ja keiner von euch Allen! — Ist denn am Ende mein Räthsel zum Gallemachen? — Ich, ihr Brüder, lache drüber. —

Siebente Scene.

Die Vorigen. Krafft.

Krafft
(näher tretend, herrisch).

Zum Lachen, denk' ich, sind wir auch nicht hiehergekommen in dieser ernsten schweren Zeit. — Gott grüß' euch, liebe Zunftgenossen!

Verschiedene Stimmen.

Gott grüß' euch! — Willkommen Zunftmeister! Ah, der Meister Krafft!

Geisbart.

So? nicht zum Lachen, meint ihr? — Ei, es

gibt auch ein Lachen, das noch über's Fluchen geht, und so, junger Meister, hab' ich gelacht! —

Krafft.

Das haltet, wie ihr wollt! — Doch ich denke, wir spüren unsern wunden Fleck schon genug, und brauchen nicht erst euren beißenden Pfeffer!

Geisbart
(verächtlich).

Will eure Lehren einstweilen einstecken, Herr Goldschmied! (Er setzt sich wieder zum Goldschläger.)

Goldschläger.

Laßt ihr euch das ruhig gefallen, Geisbart?

Geisbart
(leise).

Erst soll er seine Bolzen verschießen, dann trifft ihn mein Hieb um so sicherer. —

Gerber
(zum Kürschner).

Seht ihr die zwei?

Krafft
(aus dem Hintergrunde tretend, wo er mit mehreren Zunftge=
nossen gesprochen hat..

Zunftgenossen! ich weiß: schwerer, bitterer Un= muth ist wieder unter uns ausgebrochen über unsre alte schimpfliche Rechtlosigkeit und, glaubt mir, keinen Meister in der ganzen Stadt kann die tiefe

Wunde herber schmerzen, als sie mir im Herzen brennt! —

Gerber.

Das glauben wir euch, Meister, und darum sind wir auch euerm Ruf gefolgt und hieher gekommen.

Krafft.

Aber seit heut Abend wißt ihr auch: Nürnberg ist vom Burggrafen und dem Greiner ernstlich bedroht, und auch wir, so gut, wie die Herren, sind Söhne dieser Stadt und ihre Freiheit ist auch unser, nicht theuer genug zu schätzend, Eigenthum, das wir retten helfen müssen mit unserm letzten Tropfen Blut!

Goldschläger
(höhnisch aufrufend).

Die Freiheit unsrer Stadt? — wahnwitziges Geplauder! —

Gerber.

Das Maul halten, bis er fertig ist!

Geisbart
(zu Goldschläger).

Laß ihn doch ausreden!

Viele Stimmen.

Ruhe, Ruhe! Meister Krafft soll reden!

Krafft.

Zunftgenossen! ich weiß auch: — sonder Hehl

sprech' ich es aus, weil Reden besser ist als Schweigen — Mancher unter euch denkt wieder an Gewalt gegen den Rath. Und damit ihr wisset, welchen Mann ihr an mir habt, so sag' ich euch: wer auch jetzt in dieser Drangsal Nürnberg's noch daran ernstlich denkt, Gewalt gegen den Rath zu gebrauchen, und die Stadt in Verwirrung zu stürzen, jetzt, wo sie, wie ein Mann, dem fest geschlossenen Feind ihrer Freiheit entgegen treten muß — ich sag' euch: die solchen fluchwürdigen Plan im Sinne tragen, die heiß' ich jetzt Aug' in Auge Verräther an der Stadt, und die sollen mich und meine Freunde zu Todfeinden haben, unversöhnlich, so lang einer von ihnen neben uns Leben hat!

Gerber.

Der schleicht nicht lang um den heißen Brei herum!

Kürschner.

Hat auch keine Katzenart!

Goldschläger
(laut).

Und da hocken wir hin, wie alte Weiber, und lassen uns geduldig von diesem Mores lehren?
(Große Unruhe.)

Geisbart
(leise).

Schweigt doch, verderbt mir nicht das Spiel!

Krafft.

Aber, daß ihr nicht etwa wähnt, ich wolle müßig die Hand in den Schooß legen, dieweil wieder so gerechtes Zürnen in unsrer Gemeinde gährt, so sag' ich euch, liebe Freunde: als meines Lebens höchstes Ziel hab' ich mir's hingestellt, zu unserm Recht uns zu verhelfen und unsrer Stadt zum Frieden. — Mein kostbarst Gut soll es sein, nach dem ich ringe, für das ich all' meine andern Güter hingeben wollte, wenn dieses eine sie verlangte. Darum bitt' ich euch, schaart euch um mich in unerschütterlichem Glauben! — All' euer Sorgen, euer Klagen, legt's in meine einzige Hand! — Zunftgenossen, ich frag' euch: wollt ihr euch mir anvertrauen?

Gerber.

Ja! das wollen wir. — Brüder, glaubt mir, das ist der rechte Mann! — Ich bürg' euch für ihn! — Stimmt mit mir ein: hoch, hoch der Meister Krafft! (Lauter Zuruf.)

Goldschläger.

Nicht zu früh geschrieen, es könnt euch noch gereuen!

Geisbart.

Laßt sie doch schreien!

Krafft.

So gebt mir Vollmacht, und offen will ich vor den hohen Rath treten, und vortragen will ich ihm so jede Klage wie Bitte, die wir verantworten können als rechtschaffene, verständige Meister. — Daß der Rath mich vorläßt und hört, dafür bürg' ich euch. — Als ächter Zunftgenosse will ich das Wort für euch führen; und, hoffet mit mir, solche Männer, wie der Behaim, der Tucher, der Holzschuher — — —

Geisbart
(aufspringend und rasch einfallend).

Ja wohl! und der Paumgartner, der Pfinzing, der Groland und der ganze hohe Rath in pleno, einer wie der andere, führen uns auch diesmal wieder an der Nase herum. Das ist der ganze Witz von all der gespreizten Salbaderei! — (Nach einer kleinen Pause, Alle in's Auge fassend.) Was? Zunftgenossen, unser Geld — unsre Zeit — unsre gesunden Glieder — unser Leben und unsrer Söhne Leben sollen wir dransetzen für die Freiheit dieser Stadt, drin wir doch immer nur schimpfliche Knechte bleiben? — Zunftgenossen! Auch unsre Zeit ist gekommen! — Doch nichts von Gewalt! Behüte Gott! — Vor dreißig Jahren hat man uns gewitzigt! — (Lauernd, mit verhaltener, aber sehr inten=

siver Leidenschaft.) Verkauft und verrathen waren wir von jeher, und sind wir jetzt, und werden's bleiben von den Herren Patriziern. Wohl denn, Gleiches mit Gleichem! (Losbrechend) Verkaufen und verrathen wollen wir auch jetzt sie! — Unsre Freiheit, unser Bürgerrecht sei der Kaufpreis! — und — meinen Kopf zum Pfand! — der Burggraf zahlt ihn aus! (Stürmische Bewegung unter den Zunftgenossen.)

Krafft
(auffpringend mit gezogenem Schwert).

Der Burggraf? — Und ich hab' euch nicht schon den Schädel entzwei geschlagen? — Aber nein! euer Hirn ist mir zu schmutzig für mein unbeflecktes Schwert. O pfui, pfui! kommt mir nicht zu nahe! Mir ekelt vor euerm Odem! — Seht her, Zunftgenossen! — der Judas an seiner eigenen — freien Vaterstadt! —

Geisbart.

Ha, ha! der fürnehme Goldschmied! — Ihm ekelt vor dem schlichten Zünftler! — Das war einmal ein aufrichtiges Geständniß! — Aber, liebe Brüder, diesem stolzen Herrn ekelt vor uns Allen! — Ich bitt' euch, merkt gar wohl jetzt auf mein Reden! (Er steigt auf einen Stuhl.)

Krafft.
Was will der Schurke?

Gerber
(zum Kürschner).

Wo soll das nur hinaus?

Goldschläger
(für sich).

Nun halte dich fest, Zunftmeister, daß du nicht zu Boden taumelst!

Greisbart
(mit dem einen Fuß auf dem Stuhl, mit dem andern auf dem Tische).

Liebe Brüder! ich bin nun zwar gegen den reichen, hochmüthigen Herrn Goldschmied nur ein armseliger Tuchmacher, aber doch ein ächter Zunftgenosse vom alten Schrot und Korn. — Und so frag' ich euch: was ist bei all' unserm Elend unser größter Stolz? — Unser Stand ist's, unsre Gewerbe sind's, unsre Söhne, unsre Töchter. — Aber, Zunftgenossen, dieser da verachtet sie, wie er uns miteinander verachtet. In ganz Nürnberg ist ihm kein Meister fürnehm genug zum Schwiehervater, keine unsrer Töchter ehrbar genug zum Weib, unser ganzer Stand ist ihm zu niedrig und gemein! — Auf ein Herrenfräulein hat er sein hoffärtig Auge geworfen, in die Herrensippe will er sich einschmuggeln, will mit der Zeit selber ein Herr werden. Hier ist das Document von seiner eignen feinen Hand. (Er zieht ein Blatt aus der Brusttasche und hält es höhnisch herum.) Hei! wie das lichterloh von Liebe lodert! — Ei, fragt ihn doch, ob ich ein Lügner bin!

Krafft
(der scheu nach dem Blatte gesehen, verwirrt zu Boden starrend).

O Sebaldus!

Werber
(zum Kürschner).

Nachbar, er schweigt! — Soll das wahr sein?

Kürschner.

Ich bin ganz verwirrt. —

Goldschläger.

Ei, was steht ihr denn mit einem Male so verdutzt? — So schreit doch: Vivat der Meister Krafft!

Krafft
(für sich).

Ihr Name wird verunehrt! Was thu' ich, ihn rein zu wahren? —

Geisbart.

Seht ihr's? Er ist stumm und verwirrt! Was schlägt er mir denn nicht den Schädel entzwei mit seinem unbefleckten Schwert? — Begreift ihr's jetzt, warum er so hitzig für die Herren sprach! — Ei, natürlich! Darf der seiner künftigen Sippe nur ein

Härchen krümmen laſſen? — Und dem will vor mir ekeln? — O pfui, pfui! ſage jetzt ich. — Zunftgenoſſen! ſeht her, der Judas an ſeinem eigenen, ehrbaren Stande! (Er ſpringt über den Tiſch herunter.)

Krafft
(auf ihn zufahrend und mit ihm ringend).

Das Blatt her oder ihr kommt nicht lebendig aus der Stube! (Er entreißt es ihm.)

Geisbart.
Ihr habt es geſehen, wie ein hungriger Wolf hat er ſich auf das Blatt geſtürzt! — was braucht ihr noch Beweiſe?

Ein Zunftgenoſſe
(nachdem die Zunftgenoſſen lebhaft miteinander verſehrt, hervortretend.

Heraus muß es! — Meiſter Krafft! Im Namen eurer Freunde frag' ich euch als ehrlichen Mann: iſt es wahr, deſſen der Geisbart euch anſchuldigt, und wollt ihr wirklich eine Herrentochter zum Weibe nehmen? Gerade heraus! Das könnt ihr halten, wie ihr wollt, aber dann ſeid ihr nimmer unſer Mann, dem wir uns anvertrauen! (Krafft ſteht in ſchwerem Kampfe.)

Kürſchner.
Redet Meiſter! Alle werden irr an euch!

Krafft
(für sich).

O Gott! wie wend' ich die Gefahr?

Geisbart.

Nun Brüder! merkt ihr seines Lebens höchstes Ziel? — Das edle Bräutchen muß er sich erst an uns verdienen, durch Verrath an uns! — Das ist sein höchstes Gut, nach dem er ringt!

Krafft
(für sich).

Ist das ein furchtbar schwerer Streit! — Das Opfer ist zu groß!

Gerber
(in dringendem Tone zu Krafft).

Um Gotteswillen! redet Meister! reinigt euch! der Geisbart gewinnt das Spiel; denkt an die Stadt!

Krafft
(vor sich hin).

Denkt an die Stadt!

Goldschläger.

Ei, warum ist er jetzt so stumm? — Und versteht doch das Reden so gut! — Und diesem Achselträger habt ihr klugen Männer euch anvertrauen wollen? — He! zu wem haltet ihr jetzt?

Krafft
(für sich mit gesteigertem Ausdruck).

Ja, an die Stadt will ich denken!

Gerber.

Brüder, was thun wir? — O Meister Krafft! Der Glaube an euch ist hin, ihr seht, Alles geht auseinander! — Schweres Unheil kommt über Nürnberg!

Geisbart.

Ha, ha! so legt doch all' euer Sorgen, euer Klagen in seine Hand!

Kürschner.

Meister! laßt ihr's dahin kommen?

Der vorige Zunftgenosse.

Brüder! laßt uns mit dem Geisbart gehen! — Dieser meint es ehrlich, doch der verachtet unsern Stand!

Mehrere Zunftgenossen.

Ja — ja — mit dem Geisbart!

Krafft
(für sich — im höchsten Affect).

Alles geht verloren — der Verrath will siegen — ich sehe Nürnberg im Blute schwimmen. — Nein! retten muß ich die Stadt, und wenn mein Herz in Stücke geht. (Mit lautester Stimme.) Zunftgenossen, bei dem allmächtigen Gotte schwör' ich euch, nur eines Zunftgenossen Tochter soll mein Weib werden! — Seht, so veracht' ich meinen Stand!

(Einzelne Zunftgenossen stimmen freudig bei und umringen ihn; die Mehrzahl verhält sich zweifelnd.)

Kürschner.

Gott Lob und Dank!

Greisbart.

Und dem wollt ihr glauben?

Goldschläger.

Ein Meineid ist's!

Werber.

Brüder! ihr habt den Schwur gehört! er hat sich gereinigt! —

Die meisten Stimmen.

Nein! nein!

Krafft.

Wie? Noch immer mißtraut ihr mir? Ist das euch noch nicht genug Bürgschaft? So will ich für vogelfrei unter euch gelten. Niederreißen sollt ihr mein Haus! Distel und Schierling soll wachsen auf seiner Schwelle! Mein Name soll werden für euch und eure Geschlechter das schimpflichste Scheltwort, wenn ich es nicht als ächter Zunftgenosse redlich mit euch meine! — Und nun frag' ich euch: Wollt ihr mit mir gehen, oder mit diesem? Mit der offenen muthigen Ehrlichkeit oder dem niederträchtigen Verrath? — Ihr habt freie Wahl!

Gerber.

Brüder! könnt ihr noch an ihm zweifeln?

Lauter Zuruf.

Nein! nein! wir gehen mit ihm! —

Geisbart.

O ihr unverbesserlichen, knechtischen Seelen!

Krafft.

So sagt mir, wollt ihr mir Vollmacht geben, daß mein Wort als euer Wort soll gelten, und wollt ihr mir willig folgen, ruhig oder streitend, als eurem einzigen Haupt und Führer? — Und wollt auch ihr mir das schwören, so wahr Gott euch gnädig sei?

Lauter Zuruf.

Wir schwören, wir schwören!

Geisbart
(den Goldschläger beim Arm nehmend).

Kommt, Freund, in die frische Luft! — Hier ist die Pest! (Drohend.) Zunftmeister! — So geht nur hin vor den Rath und bettelt! — Ihr sollt den Geisbart kennen lernen! — Auf blutig Wiedersehen! —

Gerber.

Kommt nur an uns! — Wir sind bereit.
(Der Geisbart mit dem Goldschläger durch die Hinterthüre ab.)

Letzte Scene
(die ja nicht zu streichen ist)
Krafft. Gerber. Kürschner. Zunftgenossen.

Krafft
(noch immer in höchster Aufregung).

Ihr Freunde habt es gehört: der Geisbart führt Arges im Schild! — In einer Stunde tret' ich vor den Rath! — Gerüstet steh indessen Jeder in seinem Haus auf der Wacht! — Und will der Geisbart losschlagen — dann, Meister Stoß, besetzt ihr rasch das Rathhaus! — Und thut, was ich euch befehle! — Wollt ihr das, Zunftgenossen?

Gerber.

Ja, Zunftmeister! — Wir stehen hinter dir mit hundert und hundert Schwertern! — Zunftgenossen, unser Haupt und Führer, der Zunftmeister Wilhelm Krafft und die freie Reichsstadt Nürnberg hoch! hoch!

Krafft
(während unter lautem Zuruf die Zunftgenossen ihn umringen, auf den Stuhl sinkend, vor sich hin).

O meine Vaterstadt! — Wie grausam schwer stellst du mich auf die Probe! —

(Der Vorhang fällt.)

Vierter Act.

(In Krafft's Haus die vorige Wohnstube, links Tisch mit einigen Stühlen.)

Erste Scene.

Frau Krafftin. Agnes, die in freudiger Erregung bei ihr am Tische sitzt.

Agnes.

Also wirklich, Meisterin? freundlich und zufrieden, sagt ihr, ist er von der Zunftstube heimgekommen? — O waren das bittere Stunden! — Ich mußte zu euch herüber. — Ihr könnt es euch gar nicht denken, ordentlich am Herzen nagen spürt' ich so unheilgierige Angst, als müßt' und müßte schweres Leid über uns kommen. Ach und nun bin ich so froh, daß Alles nur eitel Qual gewesen! — O gute Mutter, ein düsterer Herbstabend mit schweren Wolken und ein sonniger Maimorgen mit Lerchengesang — die zwei können nicht verschiedener sein, als mein Herz gewesen und nun wieder geworden ist!

Frau Krafftin.

O gute Tochter, wie hab' auch ich schwer bangend auf seine Heimkunft geharrt! — Wie hab' ich in seinem Blick, auf seinem Mund, wie hab' ich in jedem Zug sein innerst Gemüth verstohlen erforscht! Aber er war froh, wie schier noch nie. Und wie ich leichtweg fragte, wie es ihm ergangen, da drückt' er mir kräftig die Hand und sagte: „Gut, Mutter, gut! die Ehrlichkeit hat gesiegt, der Verrath sein Spiel verloren. Nun laß nur alle weitere Angst! — Es geht alles gut." — Nun bin ich ruhig, oder daß ich recht es sage, ich will ruhig sein und zwinge mich dazu.

Agnes.

Und, gute Meisterin, hat er zu euch kein Wort von mir gesprochen? — War's heute doch das Erstemal, daß ich ihn hier in seinem Haus gesehen und so schweres Wort mit ihm geredet habe!

Frau Krafftin.

Von euch? — nein — Kind! — Nur die paar Worte sagt' er. —

Agnes.

Nun freilich, bin ich auch so thöricht! Der Streit um seines Standes Rechte verschlingt bei ihm jetzt Alles — Haus — Mutter — und auch mich. — Er ist ein kühner, edler Mann! — Ich will ihn seiner werth begreifen und auf die Seite will ich gehen, bis nach des Mannes schwerem Streit sich der Geliebte wieder ruhig meiner freuen kann! Fürwahr! er soll an mir kein kleinlich quälend, selbstsüchtig Weib bekommen, das nicht den vollen Mann in ihm gelten läßt. — Ihr, Mutter, sollt mein Vorbild sein und euer kerniger, gesunder Sinn — — (plötzlich erschreckend) Meisterin, ist das nicht sein Tritt? — Wie ich doch jetzt erschrocken bin!

Frau Krafftin.
Ja, das ist er!

Zweite Scene.
Frau Krafftin. Agnes. Krafft.

Krafft
(tritt rasch von rechts herein; wie er Agnes erblickt, schrickt er heftig zusammen und bleibt wie gebannt mit dem Ausdruck des herbsten Schmerzes vor der Thüre stehen).

O Gott! — sie! — —

Agnes.
Himmel! was soll das?

Frau Krafftin.
Ei Wilhelm! du schrickst vor uns zurück, als wären wir wahrhaftig böse Geister! Was hast du, Sohn? —

Agnes.

Was wird er sagen? O meine Angst — das gilt mir!

Krafft
(mit ruhiger, männlicher Resignation).

O Mutter — Agnes — laßt mich's kurz machen! Was soll ich nun noch lange klagen und jammern? — Es ist nun einmal so und wer will's ändern? — So hört es denn mit kargem Wort — o Stoff genug für unsrer Beider Herz, um davon durch's ganze Leben trübe Weisen zu dichten! — Agnes! wir müssen von einander scheiden!

Agnes.

Scheiden? — (Sie sinkt auf den Stuhl, ihr Gesicht mit der Hand bedeckend.)

Frau Krafftin.

Und warum, mein Sohn? und so mit einem Mal?

Krafft
(zu Agnes tretend und die Hand auf ihre Schulter legend).

Gute Agnes, kommt! ich weiß, ihr habt einen starken Geist. Kommt, haltet noch euer Weinen zurück und hört erst, warum wir uns lassen müssen! — Das mindert die Bitterkeit doch um etwas; denn wißt, nicht ihr seid Schuld daran und nicht ich mit meinem Willen.

Frau Krafftin.

Wer soll's verstehn?

Agnes
(erregt aufstehend).

Und wer dann? — Mein Vater? —

Krafft.

Das Heil der Stadt und unsre heilige Sache!
— O hört nur, welch ein böser Geist unser junges
Glück verdarb! Ich legte gestern in euren Arbeits=
schrein dieß Blatt (das Blatt hervorziehend), darauf
mein ganzes Herz geschrieben steht; und o, daß
meine unselige Hast die Pflicht der Vorsicht über=
wog — denkt nur! in der Zunftstube — in dem=
selben Augenblick, da ich gegen den verruchten
Plan, die Stadt an den Burggrafen zu verrathen,
mit allem Feuer angekämpft; da ich alle treuen
Meister schon an mich gekettet, da plötzlich — mir
noch jetzt ein unauflösbar Räthsel — da zieht
der Verräther Haupt hohnlachend dieses Blatt her=
vor — verdächtigt mich als Achselträger und Ver=
räther meines Standes! — — Und des Vertrauens
Bau, an dem seit Wochen mühsam ich geschaffen,
o! wie durch jähen Blitzstrahl ward er da in seinem
tiefsten Grund erschüttert! Die stärksten Pfeiler
fingen an zu weichen; — schon triumphirte der
Verrath! — Da dacht' ich an die Stadt! — den

Burggrafen sah mein Geist als bürgerfeindlichen Gewaltherrn durch die Thore ziehen, und wieder lag der Rath vor mir als blutige Leichen. — Ich stritt und stritt in mir in grausam schwerem Kampf — wie kann den losen Bau ich wieder festigen? — Da fand ich in dem weiten Reich der Mittel nur ein einzig sichres Zauberwort, das Unheil zu beschwören. Und ob ich mir damit auch durch und durch mein Herz zerstochen, ich sprach es aus: es war der Schwur, nur eines Zunftgenossen Tochter mir zum Weib zu nehmen! — Nun wißt ihr's, Agnes! Aber zürnt mir nicht zu sehr! — Bei Gott! mein eignes Herz hab' ich zu tiefst getroffen, mein ganzes Leben gab ich damit hin. (Er hält die Hand vor die Augen.)

Agnes
(im herbsten Schmerze mit sich kämpfend).

Ach, nun raffe dich auf, du grausam zerschnittenes Herz!

Frau Krafftin
(halb vor sich hin).

Das ist des Stolzes erste bittre Frucht, die er um jeden Preis sich brechen wollte, nun mag er sie auch kosten! — O arme Agnes! — Und ich? —

Agnes
(in starker Fassung im ruhigsten, gemessenen Tone).

Meister! um meinetwillen seid nur ruhig, völlig

ruhig sollt ihr sein! — Weil ihr ein Mann seid von höherer Art, als alle, die ich kenne, weil euer Geist steilere, lichte Bahnen wandelt, als den bequemen Weg des Alltagslebens; weil euer Herz für Güter, so die Anderen kaum erkennen, das Liebste, was ihr hattet, opfern konnte — — deshalb sollt' ich euch zürnen wollen? — O nein — ihr wart nur eurer werth! — Wär' ich an eurer Statt gewesen, ich hätte so gethan, wie ihr, und hätt' euch darum gezürnet, so ihr's nicht gethan! — (Sie ringt sichtlich nach Fassung.) Weh thut's mir zwar, und so wund hat es mir mein innerst Herz gemacht, daß ich kaum weiß, wie sich mit solch gewaltigem Riß das Leben gar zu lang wird fristen lassen! — Aber das ist nun einmal so gekommen. Gottlob, daß Keines von uns beiden daran schuld! — und die einzige Liebe, die wir jetzt uns noch erweisen können, ist, daß wir von einander scheiden wollen, unsrer Liebe werth! — — (Die Stimme versagt ihr bei den letzten Worten, dann sich wieder gewaltsam fassend, mit starker Stimme.) Meister, fahrt wohl! Jedes werde mit seinem Herzleid selber fertig! — Für all die Liebe, die ihr mir so lang und so getreu bewahrt, habt tausendfachen Dank! — Und Gottes reichsten Segen über euch und euer Haus! — Nein — keine Thräne! — Und euch, Mutter, noch diesen

Kuß! — Und auch euch tausendmal Dank für all' die glückseligen Stunden! — — O ihr guten, edeln Menschen — fahrt wohl! — Behüt' euch Gott — Fahrt wohl! (Sie hat die letzten Worte mit zitternder Stimme gesprochen und geht rasch durch die Hauptthüre hinaus. Frau Krafftin tritt an's Fenster und weint.)

Dritte Scene.
Frau Krafftin. Krafft.

Krafft
(steht regungslos, dann fährt er, tiefaufathmend, über die Stirne).

Es ist vorbei! — (Zur Mutter tretend.) Mutter, daß du's von keinem Andern erfährst, ich muß jetzt fort auf's Rathhaus.

Frau Krafftin
(vorwurfsvoll).

Auf's Rathhaus wieder? Ist dein Stolz noch nicht genug gezüchtigt?

Krafft.
O rede nicht von Stolz, wenn du die eitle Hoffahrt drunter meinst! die quält mich nicht, mich treibt ein höherer Stolz, den mein Gewissen nicht verdammt. Mutter, so wiß es: ich trete jetzt vor den hohen Rath als der Vertreter meines Standes, der Zunftgenossen Bitten vorzutragen — —

Frau Krafftin
(immer erregter).

Und wenn der Rath sie nicht gewährt, was dann, mein Sohn? O, auch vor dreißig Jahren fing es an mit Bitten und endigte mit Blut!

Krafft.

Nein, Mutter, nein! wir bitten nur und statt Gewalt ist unsre Losung die Geduld! Das gelob' ich dir jetzt feierlich beim Geiste meines Vaters! — Und nun fahr' wohl! — Ich muß vor den Rath! — Doch laß nur alle Angst, denn mein Gelöbniß werd' ich halten. (Er küßt sie und geht rasch durch die Hauptthüre ab.)

Frau Krafftin
(in starker Fassung, feierlich).

So geh' er hin! wie halt' ich ihn zurück? — Meine Mittel sind vergeben! — So will ich nur das Gute hoffen und felsenfest auf meines Sohnes Wort vertrauen! (Sie geht rechts ab.)

Verwandlung.

(Saal im Rathhaus. Hauptthüre. Rechts und links Seitenthüren; rechts ein Fenster. Zwei Rathsknechte treten an die Hauptthüre. Links sieben Stühle mit einem Tische.)

Vierte Scene.

Behaim. Holzschuher. Tucher
(im Rathsherrnkleid, ohne Schwerter, mit der Kette um den Hals, von links hereintretend).

Behaim.

Ein heißer Kampf wird's werden, liebe Freunde! Veit Grolandt und Hans Paumgartner sind starre Köpfe. Aber auf den Melchior Weigel und den Caspar Pfinzing bau ich sicher. Dann sind wir von den Siebenherren in der Ueberzahl und haben's auch beim ganzen Rath schon halb gewonnen.

Tucher.

Ob ihr euch im Weigel nicht verrechnet? — Er ist ein stilles Wasser und trotziger, als ihr denkt! —

Holzschuher.

O ihr lieben Herren! Was baut ihr und was rechnet ihr ängstlich auf einen oder zwei armselige Menschen? — Von diesen läßt sich doch das Rad der Zeit nicht hemmen.

Behaim.

Wohl für immer nicht, ehrwürdiger Herr, doch für eine Zeit; das hat vor dreißig Jahren sich blutig bewiesen.

Holzschuher.

Die Frucht ist reifer, denn vor dreißig Jahren,

und dießmal muß sie fallen, denn ihre Erntezeit ist da!

Fünfte Scene.

Die Vorigen. Grolandt. Paumgartner. Pfinzing. Weigel (ebenfalls von links hereintretend).

Grolandt.

Guten Abend, ihr Herren!

Behaim, Holzschuher, Tucher.

Guten Abend!

Paumgartner.

Ein drollig Schauspiel wird es werden, darin alteble Herren mit einem Handwerksmann sich balgen wollen! Ich freue mich darauf — 's ist doch einmal etwas Apartes und das behagt mir stets.

Behaim.

Hans Paumgartner! Der hohe Beschluß des ganzen Rathes steht über euerm Witz und tiefster Ernst, kein drollig Schauspiel erwartet uns hier.

Grolandt.

Je nun! zum mindesten doch nagelneu in Nürnberg und euch haben wir's zu verdanken.

Behaim.

Der ganze Rath hat es beschlossen, der drin im Saal unsern Spruch erwartet, nicht ich. —

Ihr Herren! nehmet Platz! — Rathsknechte, heißt den Zunftmeister Wilhelm Krafft hereintreten!
(Die Rathsknechte gehen ab, die Herren setzen sich in folgender Ordnung: Zu äußerst gegen den Zuschauer auf dem vom Tische etwas freistehenden Stuhle: Behaim, als Bürgermeister; dann an der Länge des Tisches: Holzschuher, Tucher, Weigel, Pfinzing, Grolandt; auf der kurzen Tischseite, Behaim gegenüber: Paumgartner.)

Paumgartner
(zu Grolandt).

Als Maikönig hätte man ihn herführen sollen, dann war der Mummenschanz fertig!

Sechste Scene.

Die Vorigen. Krafft. Zwei Zunftgenossen. (Krafft tritt, ohne Schwert, von zwei Zunftgenossen begleitet, die sich rechts zur Seite stellen, zur Hauptthüre ein.)

Behaim.

Zunftmeister! Ihr steht hier vor den Siebenherren des hohen Raths der freien Reichsstadt Nürnberg! — Der hohe Rath hat beschlossen, daß wir euch im Namen der Gemeinde hiesiger Zunftgenossen hören, darüber berathen und beschließen sollen. Was habt ihr nun vor uns hier vorzubringen?

Krafft
(mit würdevoller Bescheidenheit).

Hochedle Herren! Zuvor leg' ich im Namen aller Zunftgenossen Nürnbergs dem hohen Rath den schuldigen Dank zu Füßen, daß ihr durch mich sie gnädig hören wollt, und die Ehrfurcht unsrer Gemeinde, so ihm, als ihrem rechtmäßigen Regiment, gehorsam unterthan.

Paumgartner
(vor sich hin).

Pah! lauter Heuchelei!

Behaim.

Wir glauben euch, Meister, doch redet weiter!

Krafft.

Ihr edlen Siebenherren des hohen Raths! — Was eure Ahnherren und ihr seit zwei Jahrhunderten Großes für Nürnberg gethan, daß es das werden konnte, was es geworden ist, eine freie, mächtige, reiche, wunderbare Stadt, wahrlich ein einzig Kleinod im deutschen Reich — von diesem vollgefüllten Schatz patrizischer Verdienste um die Stadt soll auch nicht das kleinste Stück von uns hinweggenommen werden!

Behaim.

Ihr Herren, hört es!

Paumgartner
(scharf).

Ja wohl, wir hören's.

Behaim.

Redet weiter, Meister!

Krafft.

Nun gut! so hatten damals eure Ahnherren Nürnberg und sich selber frei gemacht. Grund und Boden war ihr alleinig, mächtig herrschend Eigenthum, und zu dem edeln Blut gesellte sich ein edler kluger Geist, und also führten sie allein das Regiment der Stadt und nützten für sich alle Rechte und sie thaten Recht daran! — Denn wir, Zunftgenossen, was waren wir zu jener Zeit? — Arme, kleine, rohe Handwerksleute, froh um das tägliche Brod in unseren niedern Hütten, und euern Schutz, für den wir willig eure Lasten trugen, und also war es damals nach Gebühr die Ordnung.

Grolandt
(auffahrend).

So? und jetzt nimmer?

Behaim.

Veit Grolandt, laßt ihn erst ausreden!

Krafft.
(mit ruhigem Nachdruck).

Nein! jetzt nimmer, edler Herr! —

Paumgartner.

Hört ihr ihn? Alte heilige Ordnung will er umstoßen! —

Behaim.

Ruhe! — redet Meister!

Krafft
(langsam, mit einer gewissen feierlichen Haltung).

Ihr Herren Patrizier! Ihr seid noch, die ihr damals wart, so edel und so reich, so tapfer und so klug; doch wir, ihr hohen Herren, wir sind seit hundert Jahren Andere geworden, als wir vordem gewesen.

Grolandt
(dreinfahrend).

Ja übermüthiger ganz gewiß!

Behaim.

Veit Grolandt, mäßigt euch!

Krafft
(mit erhöhter Erregung).

An euerm wachsenden Handel schwangen sich unsre Gewerbe stets höher auf. Unsre armen Hütten wurden stattliche Häuser. Die Zucht der Schule brachte tüchtig Wissen, das Waffenhandwerk ritterlichen Sinn in's Zünftlerhaus, und welterfahrne Männer schickt uns heim die weite Fremde und so, ihr Herren — — —

Paumgartner
(ihn unterbrechend).

Nun was denn, daß ihr also kecklich prahlt, als ob wir längst schon hinter euch zurück geblieben?

Krafft
(sehr ruhig).

Das sagt' ich nicht, hochedler Herr; ich will nur einzig sagen: die große Kluft, die damals eure Ahnherren von den unsern trennte, die Zeit hat nach und nach sie zwischen uns und euch geschlossen. (Mit warmer, steigender Innigkeit.) Zum mindesten, ihr edlen Herren, ist diese Kluft nur noch so groß, daß über sie hinüber wir ohne Gefahr uns könnten zum Frieden die Hände reichen. Und wolltet ihr erst hochherzig ritterlich eure Schilder drüber legen, als der Eintracht goldene Brücke, o dann, dann könnten wir mit euch fest Mann an Mann zusammenstehn, auf ungetrenntem Boden unsrer Stadt — als ihre einzige, gleiche, brüderliche Bürgerschaft!

Paumgartner.

Also neben euch laßt ihr uns doch noch stehen? Ei wie gnädig! — —

Behaim.

So sagt uns, Meister, kurz und bündig, wie lauten die besondern Anliegen eurer Gemeinde?

Krafft.

Ihr edlen Siebenherren! das ist schnell gesagt. Sie will nimmer bleiben rechtlos und mundtodt, die einzig alle Lasten trägt· und keine andre Bürgerfreiheit hat, als freien Wandel und Verkehr. Eintreten will unsre Gemeinde mit gebührendem Antheil in das Regiment der Stadt, mitberathen will sie über ihr Wohl und Weh, über Krieg und Frieden, Last und Steuer, und Zucht und Ordnung will sie mit euch halten helfen. Mit **einem Wort, wir wollen ächte, volle Bürger sein!** Doch nein! nicht **wollen!** — grundfalsch ist dieses Wort, bei Gott! nicht **wollen!** — wir **bitten** drum und wollten's nie vergessen, daß ihr alteble Herren wärt, die freie Bürgerschaft von Anbeginn, und wir. nur zünftige Meister, die ihr großmüthig in euch aufgenommen, das göttliche Gesetz der Zeit begreifend und ihm willig opfernd — zur Eintracht und zur Macht der Stadt!

Grolandt
(auffspringend).

Ja, ihr, ihr wolltet's nie vergessen, was wir sind und ihr gewesen! — Gerade so lang, bis wir in euer übermüthig Begehren eingewilligt, und dann — dann wüßtet ihr nicht Maaß noch Ziel und stürztet zügellos eine Schranke nach der andern um, bis wir zuletzt, aus unsern Privilegien ganz verdrängt, noch euch um gnädige Duldung unterthänig bitten müßten. Doch hemmen will ich diese wilde Fluth mit aller meiner Kraft, so wahr ich ein Mann und ein Patrizier bin. Was wollt ihr? Ihr wachst uns ohnedem über den Kopf! — Ein jedes Jahr macht euch reicher und kecker; was braucht ihr auch noch Rechte? — Lernt Demuth und seid zufrieden!

Krafft
(sich mit Mühe bekämpfend).

Herr Grolandt, ist das die Antwort? — —

Paumgartner
(rasch einfallend).

Und ich verachte dieß Gesetz der Zeit; doch eine heilige Verpflichtung kenn' und ehr' ich: das glorreich erstrittene Erbtheil meiner Ahnherren mit zähester Kraft vor wilder Raubgier zu beschützen. Denn, wenn ihr's noch so fein und zahm auch vorgebracht — Herr Meister Goldschmied, — ich weiß es doch, wer unter dieser schlauen Mummerei wild lauernd in euch steckt. — Aber eher sollt ihr mir diesen Schuh von meinem Leibe nehmen (auf seinen Hals deutend), bevor ich euch einen Zoll von unseren Rechten gebe. Das bringt als Gruß von Hans

Paumgartner den Zunftgenossen und damit bin ich
fertig! (Er steht auf und geht rechts an's Fenster.) —

Krafft
(in höchster Erregung).

So, Herr Paumgartner, das wißt ihr so genau,
wer wild lauernd in mir steckt? — Und wenn ihr
erst noch alles Andre von mir wüßtet. — — Aber
nein! — Von mir selber schweig' ich, und gar
vor euch, hochedler Herr! — Nein, 's ist gut so.
— Aber ihr, Herr Grolandt! — glaubt ihr ernstlich, daß nicht auch wir noch höhere Güter zu
unserm Glücke brauchen, als unsrer Gewerbe Blühn
und unsrer Häuser Wohlstand? — O eble Herren,
ihr seid stolz darauf, Bürger zu sein einer freien
Stadt des größten Reiches der Welt! — Ein
schimmerndes Juwel glänzt Nürnberg in der heiligen Kaiserkrone! — Doch glaubt es uns, auch
unsre Herzen hängen an dem Reich, so heiß und
treu wie eure. Mit unserm Herzblut haben wir
so todesmuthig, wie ihr, dem Reichsbanner in
mancher wilden Schlacht zum Sieg verholfen. —
So gönnt auch uns den Stolz, daß wir aus unserm Tod zum Leben auferstehn in dieser freien
Reichsstadt, und mit Allem, was wir sind und was
wir haben, stehn wir zu Kaiser und Reich. —
Jetzt hab' ich Alles — Alles euch gesagt. —

Behaim.

Zunftmeister, so tretet hier in diese Stube, daß wir uns berathen!

Krafft
(mit höchster Ruhe).

Das will ich, Herr Bürgermeister, und ruhig will ich drinnen harren. Es sprachen ja nur erst Zwei, und ihr, ihr seid noch Fünfe, und da drinnen sind die anderen Herren des hohen Raths versammelt. Das soll mein Trost sein für die Antwort, die ich bis jetzt erhalten habe. (Er tritt mit den beiden Zunftgenossen rechts ab.)

Siebente Scene.
Behaim. Holzschuher. Tucher. Grolandt. Paumgartner. Pfinzing. Weigel.

Behaim
(sich erhebend).

Ihr Herren, eines jeden Mannes freie Meinung ehr' ich. Aber diese Sprache, wie ihr Beide sie geführt, in einer so bedrängten Zeit, — wahrlich, sie kann der Stadt zum Heil nicht frommen, und um ihr Heil zu berathen, sind wir doch in diesem Saale. — Das Gesetz der Zeit verachtet ihr, Hans Paumgartner? und ihr, Veit Grolandt, wollt diese wilden Fluthen hemmen? — (Mit gehobenem, feierlichem Ausdruck.) O ihr edeln Herren, dann frag' ich euch: Ruht nicht der Baum schon in dem Kern geborgen? — Und was ist der Wipfel Andres, als die unaufhaltsame Vollendung des Gesetzes, das einst den Kern zum ersten Keimen zwang? — Und solch ein Baum, ihr Herren, ist unsre Stadt! Und ihr mögt euch sträuben, wie ihr wollt — so habt ihr doch nur eine Wahl: entweder müßt ihr diesen Baum die Krone treiben lassen! — Oder, wenn ihr das nicht leiden wollt, müßt ihr die Art an seine Wurzel legen, daß er verdorren oder fallen soll! — (Nach einer kurzen Pause, mit wachsender Begeisterung.) Und wollt ihr wissen, was das für eine Krone ist, nach der in göttlichem Gesetz die deutschen Städte miteinander streben? — Die reichbelaubte Krone, das ist ein **allgemeines, gleichberechtigt, treuverbündet Bürgerthum, durch Gottes Plan dem deutschen Reich zu neuer Macht und Pracht vorherbestimmt!** — (Innehaltend, auf den Tisch zutretend, im Tone der Mahnung.) Und wir Patrizier in Nürnberg, wir ganz allein, wir wollten uns dagegen sträuben? — Ei, edle Herren, antwortet mir: Wer hindert uns, daß wir im edeln Wettstreit mit der Zünfte jungem Streben dennoch hellstrahlend unser altes Schild erheben und unsern Namen ihren vollen Klang bewahren? — An uns allein ist es gelegen! Und dann, dann üben wir die ächte, ritterliche Art, die uns verjüngt und erfrischt! — Doch engherzig hinter unseren alten Pergamenten vor dieser neuen Kraft uns zu verschanzen — (bitter) ihr Herren — das ist ein eben so kurzsichtiger Bürgersinn, als es ein wohlfeil, ruhmlos Patrizierthum!

Grolandt.

Ruhmlos Patrizierthum! — Das uns zu sagen, die wir solche Schwerter führen!

Tucher.

Noch andern Bürgerruhm gibt's zu erringen, als blos mit blanken Schwertern!

Paumgartner
(noch immer am Fenster).

Jawohl — feilschend auf dem Kaufhaus!

Holzschuher
(sich erhebend).

Wie? — All dieser Worte Wucht zerstäubt wie leere Spreu an euerm Starrsinn? — Ei, ei, ihr jungen Männer, wie habt ihr stürmisch Blut und doch so träg Gedächtniß! — Sind dreißig Jahre ein Jahrtausend? — Und doch vergaßt ihr schon die blutige Lehre? — Hat uns der Zünfte Macht nicht damals schon erdrückt, weil jedes Recht wir ihnen weigerten? — Und erst jetzt, wo wir das letzte Schwert in Nüremberg für unsre Freiheit brauchen, jetzt wollt ihr wieder, daß die Zwietracht uns verderbe, da nur die Eintracht uns vor so gewaltigen Feinden retten kann? — O, ihr Herren, ist das der kluge Rath, den jetzt die Stadt von euch erwartet, von euch, denen sie ihr Heil vertraut in dieser Zeit der schwersten Drangsal?

Paumgartner.

Ihr nennt euern Rath den besten, ich den meinen. Wir brauchen nicht die Zünfte. Der Städtebund und unser Schwert ist Macht genug zum Siege. — Nochmals, keinen Zollbreit Rechte! —

Grolandt
(aufstehend und zu Paumgartner tretend).

Und ich reich' euch zum Bunde die Hand — und stehe fest wie ihr.

Behaim
(der sich wieder gesetzt mit großer Ruhe).

Von euch zwei Herren hab' ich Andres nicht erwartet. — Doch ihr, Melchior Weigel, was sagt ihr?

Weigel
(sich erhebend).

Ich sage Nein, wie diese.

Behaim.

Wie? Auch ihr? — Ist das wirklich euer letztes Wort?

Weigel.

Ja, mein letztes. Ich wäre kein ächter Patrizier, wenn ich Ja gesagt.

Behaim.

Glaubt ihr? — Caspar Pfinzing, nun fehlt allein noch eure Stimme. Bedenkt es wohl, sie gibt den Ausschlag!

Pfinzing
(sich erhebend).

Dann freut's mich, daß sie doppelt wiegt. Ich sage Nein, wie diese drei.

Holzschuher.

O Wehe über Nürnberg, daß es solche Räthe hat!

Behaim
(sich wieder erhebend).

Wohl denn, ihr Herren, so lad ich alle Schuld auf euer starres Haupt. — Ich habe keinen Theil an Allem, was da kommen mag.

Paumgartner.

So, Herr Behaim? Fällt endlich auch vor euerm Geist die falsche Hülle, die dieser Pöbelkönig vor uns umgethan?

Behaim.

O nein, das ist es nicht! — Für diesen Meister bürg' ich euch.

Achte Scene.
Die Vorigen. Krafft.

Krafft
(rasch von rechts hereintretend).

O ihr hohen Herren — vergebt! Ich muß herein zu euch. Was ich gefürchtet ist geschehen. — Der Geisbart wirbt um Sturm! — Schon sind eure Knechte handgemein mit seiner wilden Rotte! — (Er stößt rechts das Fenster auf. Man hört fernen Tumult.)

Paumgartner.

Und wir sind noch hier und haben keine Schwerter in der Hand? Auf, ihr Herren! — Nach Haus! — Bewaffnet euch!

Behaim.

Zunftmeister, was sagt ihr? — Aufruhr in der Stadt? —

Grolandt.

Und er ist sein Haupt! — Hinunter auf die Gasse!

Krafft.

Beim allmächtigen Gotte, nein, ich bin es nicht! — Der Geisbart ist's allein! — O bleibt ruhig hier im Rathhaus! Alle treuen Meister schützen euch. O mehrt nicht die Verwirrung! Laßt mich allein hinunter in die tobenden, stürmischen Rotten...

Paumgartner
(rasch einfallend).

Die ihr gegen uns aufgehetzt! Betrüger, der beim Satan ausgelernt! (Die Sturmglocke läutet.)

Krafft
(erschreckend).

Gott, so weit schon?

Behaim.

Zunftmeister, was soll ich von euch denken?

Krafft.

O glauben, glauben sollt ihr mir! — O haltet die Herren zurück! Ich allein bin stark genug, den Aufruhr zu bekämpfen.

Paumgartner.

Hört ihr's, wie der Sturmvogel schon über die Dächer schreit? Herr Behaim, antwortet uns: Bürgt ihr noch immer für diesen Meister in der Schwarzkunst der Empörung?

Behaim.

Haltet euch ruhig, ihr Herren! Glaubt dem Zunftmeister!

Grolandt.

Ja, wer so blind wäre! — Hört Ihr's? Schon stürmen sie die Treppe! — Auf ihr Herren des Raths zum Kampfe! (Aus dem anstoßenden Saale stürzen von links die anderen Rathsherren in höchster Verwirrung.)

Letzte Scene.
Die Vorigen. Der Gerber. Rathsherren.

Gerber
(rasch durch die Hauptthüre tretend, halblaut zu Krafft).

Zunftmeister! — Das Rathhaus ist besetzt. Die ganze Treppe strotzt von unseren Leuten. Was befehlt ihr? —

Krafft
(mit lautester Stimme).

Ihr Herren — nochmals beschwör' ich euch: laßt es nicht zum Kampfe kommen zwischen Herren und Zünften! Reißt nicht selbst die Schleußen auf! — Ich kann die stürmische Fluth sonst nimmer dämmen.

Holzschuher.

Bleibt ruhig! — Der Meister redet Wahrheit!

Grolandt.

Nein! — Die Gelegenheit wollen wir jetzt nützen. — Nieder mit den Zunftgenossen!

Tucher.

O Grolandt! — und das sagt ihr?

Paumgartner und einzelne Stimmen.

Nieder mit den Zunftgenossen!

Behaim

(in höchster Erregung).

Ihr Herren, wollt ihr Bürgerkrieg?

Paumgartner.

Ja, den wollen wir! — Dann ganz allein wird Friede!

Krafft

(laut aufschreiend).

Ihr wollt Bürgerkrieg? — — (Sichtlich mit sich kämpfend, dann in raschem Entschluß die Hauptthüre aufreißend, vor der man mit gezogenen Schwertern die Zunftgenossen dastehn sieht:) Zunftgenossen, herein! — Bei euerm Eid befehl' ich euch: ihr nehmt den Rath gefangen! — Ergebt euch, hohe Herren! Ihr seht — jeder Widerstand ist vergebens! — (Die Zunftgenossen sind rasch von den drei Thüren hereingedrungen und haben die Rathsherren umringt; dann zum Gerber halblaut.) Meister Stoß, ihr bürgt mir für jeden Tropfen Blut!

Grolandt.

Nun, Behaim! — Wo ist jetzt eure Weisheit? —

Behaim

(voll Bestürzung).

Zunftmeister, wer seid ihr?

Krafft

(nachdem er eines Zunftgenossen Schwert ergriffen, mit schmerzlichem, feierlichem Ausdruck).

Ich kann nicht anders — ihr zwingt mich! —

(Rasch durch die Hauptthüre ab.)

(Ueber einer großen Gruppe fällt der Vorhang.)

Fünfter Act.

(Der Herrenmarkt in Nürnberg. Links der schöne Brunnen. Morgendämmerung.)

Erste Scene.

Agnes
(verstört von rechts auftretend und ängstlich umherspähend).

Horch — horch — jetzt wird es still. Der Aufruhr schweigt — die fürchterliche Nacht ist um. Jetzt kann ich mich auf's Rathhaus wagen. (Mit schmerzlichster Innigkeit.) O Wilhelm — Wilhelm — daß es also kam! — Mich selber hast du preisgegeben — und den Vater hältst du mir gefangen! — O daß du mich hier zitternd stehen sähest — einsam irrend und all mein irdisch Glück beklagend! — (Rasch abbrechend.) Doch nein! — Nicht jammern und zagen! — Auf's Rathhaus muß ich! — Retten muß ich meinen Vater — oder sterben will ich. (Sie geht nach links — dann plötzlich innehaltend.) Wen schleppen dort die Knechte her? — (Aufschreiend.) Ge=

rechter Gott! — das ist die Meisterin! — Lebt sie oder ist sie todt? — Seine Mutter — seine Mutter! (Sie stürzt hastig nach links ab.)

Zweite Scene.

Der Gerber. Der Kürschner. Zunftgenossen.

(Von rechts tritt an der Spitze vieler bewaffneter Zunftgenossen, die meist verwundet sind, der Gerber mit verbundener Hand und der Kürschner mit verbundenem Kopf.)

Gerber.

So Brüder! dem Geisbart thut keine Ader mehr weh! aber es war auch mein grimmigster Hieb, den ich mein Lebtag noch geführt. Nur zu guter Letzt, seht her, noch auf dem Boden biß mir die Katze schier die Hand entzwei.

Kürschner.

Ei, so gar leicht kamen wir beim Goldschläger nicht davon. Er war unser Todfeind. Aber das muß man ihm noch im Tode lassen: um sich geschlagen hat er, wie ein wüthiger Gaul, den die Hornisse stechen, und unsrer fünfe hat er erst getroffen, bis er endlich zu Boden sank.

Gerber.

Aber unser Meister Goldschmied, hei, ist der euch ein Grobschmied gewesen! — Ich sag' euch, solche Bluttaufe hat in Nürnberg noch keiner gehabt! In einem ganzen Knäuel von verwegenen Kerlen sah ich ihn stecken, dicht an der Pegnitz war's. — Aber rechts und links zuckte da seine Klinge, wie der feurige Blitz und schlug ein, daß das im Nu auseinander stob, wie ein Haufen Spreu vom Wirbelwind. — Und wie er sie erst frei vor sich hatte, da holt' er euch aus, keine Minute — und sie taumelten mit einander im Sand, daß die Pegnitz von all' dem Blut ganz dunkel ward. —

Kürschner
(nach links schauend).

Seht, da kommt er mit den anderen!

Gerber
(mit hoch erhobener Stimme).

Willkommen tapfre Brüder! — Hoch, hoch, unser Haupt und Held! (Allseitiger Zuruf.)

Dritte Scene.
Die Vorigen. Krafft. Zunftgenossen.

Krafft
(tritt an der Spitze vieler Zunftgenossen, von denen ebenfalls einige verwundet sind, ohne Harnisch, herein, den Arm in der Schlinge, erschöpft und todtenbleich — mit großer Ruhe).

Willkommen Zunftgenossen! — Und Gott sei tausendmal gedankt, setz' ich dazu, denn unser schweres Werk ist vollbracht und die Stadt kann ruhig sein. — Wieviel blieben von den Unsern auf eurer Seite, Meister Stoß?

Gerber.

Ich denke — zehn!

Krafft.

Auf meiner waren's zwölf. Sie ruhen in Frieden, denn sie starben für die Stadt!

Gerber
(ihn ängstlich betrachtend).

Aber ihr, Meister, wie geht es euch? — Der Hieb an euerm Arm ist wohl recht schwer? Ihr seht leichenblaß! —

Krafft
(immer mit derselben Ruhe).

Was thut's? — Roth oder weiß — die Farbe bleibt sich gleich. Aber sagt, Meister Stoß, es war doch auf eurer Seite kein Patrizier im Kampf? Es ist doch keiner gefallen?

Gerber.

Ich denke — keiner! Meister! — Dafür hat euer Befehl trefflich gesorgt. Die jungen Herren stürzten schon aus den Edelhöfen unter uns hinein, aber nochmals schrie ich euer Wort: „für jeden Hieb eines Rathsherrn Kopf!" so mächtig in ihre Ohren, daß sie gar wohl den blutigen Ernst drin merkten und ruhig blieben. Wahrlich, Meister, ein trefflicher Einfall war es von euch; wer weiß, wie es außerdem in der Stadt jetzt stände.

Krafft.

Ich dank' euch, Meister, daß ihr so treulich nach meinen Worten gethan, und euch allen, liebe Freunde, euch allen dank' ich im Namen unsrer Stadt, wie ich's gar nicht heiß genug vermag. Denn fürwahr, ein König dürfte stolz darauf sein, so treu und todesmuthig seid ihr mir gefolgt! —

Vierte Scene.

Die Vorigen. Sebaldus. Man hört rechts den Ruf: „Meister, Meister!"

Krafft

(plötzlich nach rechts starrend).

Seht nur, wer schleppt sich da die Gasse her? ein wahres Bild des Jammers! Mein Gott, das ist Sebaldus! Was bringst du mir, Alter? Du bist ein Unglücksbote!

Sebaldus

(sich gebeugt herrschleppend).

O Meister! armer, armer Meister!

Krafft

(sehr erregt).

Warum arm? — Um Himmelswillen! sprich, Alter: was geschah? —

Sebaldus.

O Meister! sie haben unser Haus geplündert, die Herrenknechte, — Alles, Alles haben sie gestohlen und zerschlagen!

Krafft

(sich fassend).

In Gottes Namen, sag' ich, wenn das Alles ist! (Dann erregt.) Aber nein! Ich seh' dir's an, noch etwas hast du auf dem Herzen! Barmherziger Gott, meine Mutter! Was geschah mit meiner Mutter?

Sebaldus.

O ich alter Mann, ich kann's nicht sagen!

Krafft.

Sie ist todt! — (Sebaldus bricht in die Kniee und schluchzt.) Ja dein Schluchzen sagt mir's, sie ist todt! Aber du siehst, ich bin ruhig, ganz ruhig bin ich, so sag' auch du mir ruhig: wie fand sie ihren Tod, wo und durch wen?

Gerber.

Der arme Meister, er jammert mich!

Sebaldus.

Ach lieber Herr! ich schleppte mich nach euch durch alle Gassen; und wie ich wieder heimkam, da war unser Haus geplündert. — Die Meisterin war fort. Blutig war der Boden auf der Stube.

Die Nachbarn schrieen und klagten: die Herrenknechte haben eure Mutter todtgeschlagen — und dann fort, weit fortgeschleppt. — Ach guter Meister, hätt' ich doch für sie sterben dürfen! — Ich alter unnützer Mann! —

Krafft
(vor sich hinstarrend).

Mein Haus haben sie geplündert! — Und meiner Mutter Blut lag auf dem Boden! — Zunftgenossen! — Der Rath sitzt noch in sicherer Haft? — Und wollt ihr mir auch jetzt noch gehorsam bleiben? —

Gerber.

Gewiß, Meister, aber was habt ihr vor?

Krafft.

O meiner Mutter Blut soll zehnfache Sühne haben! —

Sebaldus
(mit erhobener Hand, im entschiedenen Tone der Mahnung).

Meister! —

Krafft
(wie sich besinnend und zu sich kommend).

Was hab' ich ihr gelobt? — O Dank, Alter! — Geist meiner Mutter, verlaß mich nicht! (Uebewältigt von Schmerz.) Ach, sie ist todt! — und ich hab' ihr nicht die Augen zudrücken dürfen — todt durch meine Schuld! — O meine fromme, gütige Mutter! Ach meine Freunde — mir sinkt der Muth! — (Er fällt dem Gerber um den Hals und weint.)

Gerber.

Meister! seid auch jetzt ein tapfrer Held und endet euer Werk, wie ihr's begonnen!

Krafft
(sich gewaltsam fassend, sehr ruhig).

Ja, Zunftgenossen, das will ich. Austrinken will ich den herben Becher bis zum letzten Tropfen. Des Sohnes Schmerz sei allein für mich! Für euch bin ich nur der Mann, und euer Haupt und Führer. — Folget mir auf's Rathhaus! (Alle nach rechts ab.)

Verwandlung.

(Großer Saal im Rathhaus. Mehrere Zunftgenossen gehen mit blanken Schwertern auf und nieder. Darauf füllt sich der Saal durch die Hauptthüre mit Zunftgenossen, wie sie in der vorigen Scene auftraten, gerüstet und meistens verwundet.)

Fünfte Scene.

Die Vorigen. Zunftgenossen. Sebaldus. Gerber, dann Krafft.

Gerber
(hereintretend, zu einem Zunftgenossen).

Der ganze Rath sitzt noch in sichrer Haft?

Der Zunftgenosse
(derselbe, wie im dritten Act).

Gewiß, Meister, dafür haben wir schon gesorgt!

Krafft
(tritt herein).

Meister Stoß, öffnet den Saal, heißet die Raths=
herren heraustreten!

Gerber.

Wie ihr befehlt! (Er öffnet die Thüre links und die Rathsherren treten heraus, an der Spitze Behaim, dann Paumgartner und Grolandt, zuletzt der alte Holz=schuher, auf Tucher gestützt, und die sämmtlichen anderen Rathsherren. Krafft mit den Zunftgenossen steht rechts gegenüber.)

Sechste Scene.

Die Vorigen. Behaim. Holzschuher.
Tucher. Grolandt. Paumgartner. Pfin=
zing. Weigel und die Rathsherren.

Paumgartner.

Ei kommt ihr endlich, Pöbelkönig? So macht es schnell fertig! Noch im Tod veracht' ich euch und eure Gesellen, und als ein ächter Patrizier, den ihr nicht schwach gemacht, werb' ich sterben.

Behaim
(monoton).

Meister Krafft! sagt mir das Eine! lebt meine Tochter noch?

Krafft
(bestürzt).

O ihr hohen Herren! kaum faſſ' ich mich, für wen haltet ihr mich, für welche Mordgeſellen dieſe?

Grolandt.

Habt ihr's vor dreißig Jahren anders mit uns gemacht? — Wart ihr nicht die Mörder unſrer Männer und die Schänder unſrer Frauen?

Krafft
(mit ſchmerzlicher Ruhe).

O ihr edlen Herren, ich ſteh' vor euch ein leibbeladener bettelarmer Mann, denn Alles, was mir lieb und theuer war, hab' ich verloren für meine Vaterſtadt, die ich zu ſehr geliebt. — Ich hatt' ein hohes edles Lieb, ich riß es los von meinem Herzen und ſchwur, nur eines Zunftgenoſſen Tochter mir zum Weib zu nehmen. Ich that es für die Stadt, um mein Vertrauen zu retten und ihre Freiheit vor Verrath. Ich hatt' ein ſtattlich reich gefülltes Haus; 's war meines Lebens Luſt — es iſt geplündert und zerſtört von euren Knechten. Und eine Mutter hatt' ich, ach ihr Herren, eine Mutter, wie's keine beßre gibt — und eure Knechte haben ſie erſchlagen, dieweil ich für die Stadt und euch geblutet, und drin den Aufruhr niederſchlug. — So hab' ich alle Güter meines Lebens, alle hab' ich sie verloren, sogar mein höchstes Kleinod, den heiligen Glauben an die Eintracht unsrer Stadt!

Grolandt
(für sich).

Wer das begreift!

Behaim.

Meister Krafft! Noch ist mir das Verständniß eurer Rede halb verschleiert. Wie? — Erfass' ich eure Worte recht? Ihr hättet vor Verrath die Stadt gerettet und heute Nacht schlugt ihr den Aufruhr nieder? Wie meint ihr das? So habt ihr dennoch wahr geredet? Sind eure Wunden hier nicht von Patrizierhänden?

Krafft.

Herr Bürgermeister! Ja, nur einzig Wahrheit war all mein Reden. Der Geisbart und sein wilder Anhang wollte die Stadt an den Burggrafen verrathen, andere dachten an Gewalt gegen den Rath. Da schaart' ich alle ehrbaren Meister um mich unter heiligem Eid; Gewalt an euch galt als Todesurtheil und nur das Wohl der Stadt war das Bundeswort auf unserm Banner; da schlug der Verräther los, just wie ich gestern vor euch stand, um uns mit euch zu allgemeinem Kampf zu reizen. Was wollt' ich thun, die Stadt vor blutigem Wirrsal zu bewahren, da man mich hier der

Lüge zieh und solche wilde Kampfgier unter euch
entbrannte? — Festhalten mußt' ich euch, um euer
eignes Schwert zu bannen, und wieder hielt ich so
durch euch, als Geiseln in meiner Gewalt, die an=
deren Patrizier vom Kampfe fern. Wir aber schlu=
gen uns die ganze Nacht, bis alle die Verräther
blutig sanken und daher einzig stammen unsre Wun=
den. (In gehobenem feierlichen Tone.) Die Stadt ist
wieder ruhig, und ihr, hochedle Herren, seid frei,
heut' wie gestern unser hoher Rath, dem wir voll
Ehrfurcht unterthan. (Mit wärmster, schmerzlicher Innig=
keit.) Und wieder steh' ich bittend vor euch da, in=
mitten meiner bittenden Gemeinde; — doch unsre
Wunden sollen für uns reden, denn unsre Lippen
habt ihr stumm gemacht!

Behaim
(in tiefster Bewegung, die während Krafft's Rede mehr oder
minder alle Rathsherren mit Ausnahme Paumgartners ergriffen
hat).

Ihr Herren des hohen Raths, staunend hab' ich
des Meisters Wort gehört und hat mein Auge ge=
ruht auf dieser Männer Wunden. Seht ihr's? —
Meine Bürgschaft, sie war gut! — Und feierlich
befrag' ich euch zum letztenmal im Angesichte dieser
tapfern Meister: wer will von euch, altedle Her=
ren, hier diesen bürgerlichen Männern nachstehn im

Opfermuth für unsre Stadt? — O laßt uns diese
Wunden nicht beschämen! — Sie haben unsre Stadt
vor Bürgerkrieg gerettet, und neue blutige Opfer
harren dieser Männer, wann jetzt der Burggraf
naht. — O bringet Opfer gegen Opfer! — Sonst
schlägt der freien Reichsstadt Nürnberg ihre letzte
Stunde! (Alle sehen schweigend drein.)

Holzschuher
(umherschauend).

Ihr lieben Herren — o nein! nicht dieses düstre
Schweigen in dieser schweren Zeit! — Nein! —
sprecht es aus das eine, große, rettende Wort:
„Eine einzige, gleiche Bürgerschaft soll werden!"
Und Nürnberg — o ich schau' es! — wird herrlich
aus dem Kampf erstehen! — Und neue, wunder=
bare Blüthen seh' ich's treiben — das ganze Reich
preist ihren Duft und Glanz — o glaubt meinem
Blick! — Ich steh am Rand des Grabes! —

Grolandt
(der· sichtlich mit sich gekämpft, entschlossen vortretend).

Ihr Herren, ihr wißt, ich bin wohl sonst ein
starrer Mann und 's ist fürwahr nicht meine Art,
meinen Sinn so über Nacht zu wandeln. Aber
Wahrheit ist meines Wesens tiefster Kern, und eine
größre Ehre setze ich drein, freimüthig zu gestehen,
daß dieser Männer Wunden mich bekehrt, als trotzig

zu verharren in dem, was ich als irrig Urthel
jetzt erkennen muß. Und will der hohe Rath hier
diese Männer als Bürger unsrer Stadt, gleich uns
berechtigt, jetzt begrüßen, auch meine Hand soll bei
dem Gruß nicht fehlen! —

Behaim.

Grolandt! nie habt ihr mehr euch selbst geehrt
als jetzt durch eure eigne Rede!

Pfinzing.

Veit Grolandt's Worte sind auch die meinen.

Weigel.

Auch ich kann nimmer widersprechen.

Krafft.

O edle Herren! — Mit Worten nicht — mit
unseren Schwertern wollen wir's euch danken!

Gerber.

Bei Gott! das wollen wir!

Paumgartner.

Ich seh's, ihr Herren, der schlaue Meister da
hat eure klugen Köpfe sammt und sonders über=
listet, mich nicht. — Ich bleibe, der ich bin, und
noch einmal: eher soll mir der meinen Kopf zu
Füßen legen, bevor ich so weit mich im Patrizier=
stolz erniedrige, daß ich mit dem, der mich einmal
verhöhnt, in diesem Rathssaal sitzen möchte! —

Krafft
(ruhig).

O edler Herr, ich bitt' euch, mich laßt aus dem Spiel! Mein bittend Wort gilt nur für diese und den Frieden Nürnberg's. O nicht mit euch zu Rathe will ich sitzen, aber liegen will ich unter den Gefallenen meiner Stadt, wenn jetzt der Burggraf sie bedroht. Das ist die einzige Ehre, die ich noch in meiner Vaterstadt mir suchen will!

Paumgartner
(sich rasch entschließend).

Ihr Herren, fahret wohl! in einer Stunde hab' ich Nürnberg im Rücken und meine Felder bau' ich, wo noch der Edelherr was gilt und allein die Macht hat und das Recht. — Hier ist meine Rathsherrnkette, entweiht sie, werft sie dem Pöbel hin! — Ich habe daran keinen Theil. (Er wirft die Rathsherrnkette den Rathsherren vor die Füße und geht rasch durch die Hauptthüre ab.)

Behaim.

So geh' er hin! Er war ein kühner Mann, doch solch ein stolzer Starrsinn, so aller Klugheit baar, frommt keiner Stadt zum Heil. Sie kann ihn missen. (Draußen hört man Tumult, der näher und näher kommt.)

Krafft
(starr aufhorchend).

Hört ihr's? hört ihr's? — —

Behaim.

Was ist euch, Meister? wie starrt euer Auge gläsern? Schnell, mach' Einer den wunden Arm ihm frei!

Gerber.

Meister! Kommt, setzt euch nieder.

Krafft
(verloren horchend).

Nein! laßt mich, aber hört ihr's? — Das ist meiner Mutter Stimme!
(Plötzlich fliegt die Mittelthüre gewaltsam auf; Frau Krafftin und Agnes stoßen die Rathsknechte, die sie am Eintritt hindern wollen, in angstvoller Hast zurück.)

Krafft
(aufschreiend und zurückfahrend).

Meine Mutter! — Meine Mutter! —

Siebente Scene.

Die Vorigen. Frau Krafftin. Agnes.

Behaim.

Und mein Kind? —

Krafft
(sie anstarrend und dann ein wenig vortretend).

Nein! — das ist kein Geist! — das ist Fleisch

und Blut! — O Mutter! Mutter! du lebſt? — Und ihr, Agnes, bringt ſie mir?

Behaim.
Was geht in mir auf? —

Agnes
(Krafft raſch zu Füßen ſtürzend, in haſtiger Rede).

Ja! ich, Meiſter, ich, ich habe die Mutter euch losgeriſſen — halbtodt ſchon! — aus der Mörder gierigen Händen. O ſo laßt mich einen heiligen Tauſch mit euch machen! — — Eine Mutter für einen Vater! — Denn mein iſt dieſes Leben, ich hab' es mitten aus wilder Knechte hohnlachendem Haufen gerettet, und das eigene gefährdet! — Mein iſt eure Mutter, mein allein! — Und ſo ring' ich die Hände zu euch: O nur ſo viel Liebe rüttelt noch für mich wach, und tauſcht mit mir! — (Aufſtehend.) Dieſer Mutter Leben für dieſes Vaters Haupt! — (Sie ſtürzt auf Behaim zu und umſchlingt ihn mit beiden Armen.)

Krafft
(von Staunen überwältigt).

O Agnes — Mutter — !

Frau Krafftin
(die bisher in ihrem Irrthum über ihren Sohn ſtarr bei Seite geſtanden, raſch einfallend, ſo daß Krafft gar nicht zu Worte kommen kann, in gleich ſtürmiſchem Ergüſſe bis zum Ende ihrer Rede).

Und ich, mein armer gefallener Sohn! ich will

noch mehr, dieß einzige Haupt genügt mir nicht, die Häupter dieser Herren alle will ich von dir, alle für mich! (Auf's Knie fallend — mit steigender herbster Energie.) Sieh her, in dieser rechten Hand halt' ich Muttersegen, in dieser linken halt' ich Mutterfluch. Willst du mir die Häupter geben, daß ich die rechte Hand erhebe? Ja, ja! — ich weiß es — wenn auch der Stolz dich arg verblendet — aber mein Muttersegen ist dir noch heilig! — Du willst nur meine rechte Hand! — die linke willst du nicht! —

Krafft
(erschöpft).

Meister, haltet mich!
(Gerber schlingt den Arm um ihn.)

Behaim
(entschieden einfallend).

Gott im Himmel! Meisterin und du, mein Kind, was habt ihr vor? Welch' Irrthum hält euer Auge umnachtet! Alle, Alle noch stehn wir frei vor euch. Wilhelm Krafft ist eines Helden Name, denn vor Bürgerkrieg hat er die Stadt gerettet, und seht, daß ihr es glaubt, ich als ihr Bürgermeister, schließ' ihn dankbar jetzt in meine Arme. (Er umarmt ihn.)

Frau Krafftin
(sich aufraffend).

Vor Bürgerkrieg die Stadt gerettet? — Wil=

helm Krafft ist eines Helden Name? — o mein
Sohn! — mein Sohn! du bist mir nicht verloren?
(Sie sinkt ihm um den Hals.)

Agnes.
(tiefschmerzlich).

Nur ich muß stumm vor ihm zu Boden blicken
— nur mir ist er verloren!

Behaim
(der Agnes scharf betrachtet)

Zunftmeister, sagt, habt ihr für diese hier den
Schwur gethan, nur eines Zunftgenossen Tochter
euch zum Weib zu nehmen?

Krafft.

Ja, hochedler Herr, ich kann nicht lügen, ja,
's war euer Kind. Doch, bitt' ich, schaut mir fest
in's Auge, und leset drin, wie lauter unsre Liebe
war!

Behaim.

Ich glaub' euch, Meister, doch euer Schwur
soll auch in Kraft bestehen bleiben!

Agnes
(dumpf vor sich hin).

Das wußt' ich ja!

Behaim
(feierlich).

Zunftgenossen, daß ich euch durch die That be=
weise, wie redlich mit der Stadt und euch ich stets

es meinte, und euch in euerm Helden ehren will mit dem Besten, was ich habe, so wisset: der Kaufleute Zunft, sie nehme mich in sich auf! Ein edler Zunftgenosse will ich selber werden, und eines Zunftgenossen Tochter ist mein Kind! (Freudigstes Staunen unter den Zunftgenossen.) Meister! nehmt meine Tochter hin, — ihr habt sie an der Stadt euch wohl verdient! (Behaim nimmt Krafft und Agnes bei der Hand.) Es soll der Liebesbund eine Vorbedeutung werden für Nürnbergs neu geschaffene Bürgerschaft! So reicht auch jetzt im Angesichte von Patriziern und Zunftgenossen euch die Hände!

Holzschuher
(hervortretend).

Noch nicht, Georg Behaim! noch nicht! Dem Meister fehlt noch was. (Zu den Zunftgenossen sich wendend.) Zunft der Goldschmiede! Der am meisten geopfert, der am kühnsten gestritten und zuletzt nur den Tod auf der Wahlstatt zur Ehre gewollt, der soll auch euer erster Rathsherr sein! Wollt ihr die Wahl bestätigen?

Mehrere Zunftgenossen.

Er sei's! er sei's!

Holzschuher
(die Kette vom Halse nehmend).

So komm herab du alte Kette! — Ich habe dich

lang genug bei Freud und Leid der Stadt in diesem Haus getragen. (Indem er Kraft die Kette umhängt.) Und wie ich alter Patrizier jetzt um dieses jungen Meisters Hals die Rathsherrnkette hänge, so sei die alte Zeit nun mit der neuen ausgesöhnt! Meister, traget sie in Ehren!

Krafft.

Das gelob' ich euch und der ganzen Stadt, so wahr Gott mir helfe! — —

Behaim
(mit gehobenem freudigstem Ausdruck).

Nun mag der Burggraf kommen! — Nürnberg ist einig!

(Ueber einer großen Schlußgruppe, deren Mittelpunkt Krafft und Agnes bilden, fällt rasch der Vorhang.)